Gabriele Reuter

Ellen von der Weiden

Roman

Gabriele Reuter: Ellen von der Weiden. Roman

Erstdruck bei Geyer, Wien, 1900. Hier nach der sechste Auflage, S. Fischer Verlag, Berlin, 1907.

Neuausgabe
Herausgegeben von Karl-Maria Guth
Berlin 2017

Umschlaggestaltung von Thomas Schultz-Overhage

Gesetzt aus der Minion Pro, 11 pt

ISBN 978-3-7437-0448-0

Druck: Libri Plureos GmbH, Friedensallee 273, 22763 Hamburg

Die Deutsche Nationalbibliothek verzeichnet diese Publikation in der Deutschen Nationalbibliografie; detaillierte bibliografische Daten sind im Internet über www.dnb.de abrufbar.

Verlag: Henricus - Edition Deutsche Klassik GmbH
Mörchinger Str. 33, 14169 Berlin, info@henricus-verlag.de

I.

Fritz Erdmannsdörfer ging auf ein paar Tage in den Harz. Er tat das zuweilen, wenn er fühlte, er müsse eine Pause machen, und so etwas fühlte er immer im richtigen Augenblicke. Nun, man war ja ein vernünftiger Mensch. Er benachrichtigte dann einfach seinen Vertreter und reiste ab. Oft wußten seine Freunde am Stammtische nicht einmal, daß er Berlin verlassen hatte, und meinten nur, er habe besonders schwere Fälle. Viel zu tun gab's immer in seiner Praxis. Aber auf die Weise hielt er die Arbeit und die Großstadt aus und behielt die Geduld bei den vielfältigen Klagen seiner Patientinnen. Und das war schließlich die Hauptsache. Ein Arzt für nervöse Frauen darf nicht selbst nervös werden.

Nun stieg er am Fuße des Brockens in den Wäldern umher. Dem alten Herrn mit der Nebelkappe hatte er schon am Tage zuvor seinen Besuch abgestattet. Hotel, Verkaufsbuden, Automaten und Plakate, die der Alte gleichgültig, geduldig auf seinem Haupte trägt, wie ein Riese den Narrentand, mit dem törichte Kinder ihn behängen, standen noch verlassen und lächerlich unnötig in dem wilden Frühlingssturme, der droben über die kahlen Höhen gebraust war. Fritz wollte weiter wandern, dem Oberharz zu, drum war er früh aufgebrochen. Der Nebel dampfte aus den Tälern und zog in langen Streifen an den Tannenbergen hin. Die Sonne stand über den Morgendünsten und begann bleich schimmernde Lichtstrahlen in das milchweiße Weben und Wogen hernieder zu senden. Am Rande der noch fahlgrünen Waldwiese blühten in kleinen Gruppen auf hohen Stengeln gelbe Schlüsselblumen. Fritz schlug einen mit halbvermoderten, feuchtglänzenden Blättern bedeckten Hohlweg ein, der sich um den Bergrücken krümmte, ihn mählich dem Gipfel näher führend. Er dachte es sich schön, auf den Klippen, die er von unten aus dem Walde hatte emporragen sehen, dem Sieg der Sonne über den Nebel zuzuschauen. Breitästige Buchen neigten sich, die Zweige prangend von spitzen, goldenen Knospen, über den Weg. Schon begann hie und da das junge Laub seine Hüllen abzuwerfen und schwankte wie fröstelnde hellgrüne Schmetterlinge an den silbergrauen Zweigen. Die überhängenden Ränder des Hohlweges waren von Wurzeln zerrissen, schwammiges, blasses, mit funkelnden Tröpfchen bedecktes Moos hing von ihnen nieder.

Fritz Erdmannsdörfer sah alles und atmete tief und freute sich. Er hatte eine stille Naturliebe immer in sich gepflegt, sie schien ihm heilsam und dienlich für den Kulturmenschen. Er überlegte, was es für ein Vogel sein mochte, den er jetzt singen hörte ... Vielleicht eine Drossel? Es gab nicht gerade viel Vogelsang hier. Der Buchenbestand wurde bald durch Fichten und Schwarztannen abgelöst, und da hauste denn nur noch der Kreuzschnabel.

Der Kreuzschnabel?

Fritz lächelte plötzlich vor Erstaunen, blieb stehen und lauschte. Mit einer langsamen Bewegung nahm er die Mütze ab.

Die Stimme einer Frau klang feierlich aus der Höhe zu ihm nieder.

> Lobe den Herrn meine Seele,
> Ich will ihn loben bis in' Tod,
> Weil ich noch Stunden auf Erden zähle,
> Will ich lobsingen meinem Gott ...

Fritz trat aus dem Hohlwege auf eine von grauem Steingeröll besäte steile Halde, aus welcher der Berggipfel jäh emporstieg, eine regellose Masse wild übereinander getürmter Felsenblöcke, zwischen denen gekrümmte, windzerzauste Fichten mühsam Wurzel faßten. Und oben, hoch oben auf der Granitklippe, über den weißen, durchsichtigen Nebelfetzen, die das schieferblaue Gestein umschwebten, stand das singende Mädchen und sendete seinen Jubel an die schöne Welt über Wälder und Täler in alle Fernen hinaus.

Daß es so etwas giebt! Daß einem so etwas noch begegnen kann, dachte Fritz. Er fühlte förmlich, wie sein Empfinden sich aus seinen alltäglichen Wegen aufschwang und mit einer stürmischen Bewunderung hinaufdrang zu jenen Höhen, wo das Mädchen schwindelfrei und unbekümmert stand.

Sie sah ihn nicht. Ihm dünkte es Entweihung, die Einsame zu stören.

Sie aber war still geworden und blickte ruhig um sich. Da gewahrte sie ihn auf der Halde und sandte ihm lustig einen Jodler zu, der weithin das Echo weckte.

»Holdrio – ho – ho – hoiho!« antwortete er ihr, und so spielten sie eine Weile mit ihren Stimmen wie mit Bällen, welche sie sich durch die Lüfte zuwarfen.

Es war kühler geworden, der Himmel bezog sich und bereitete sich zu einem Regentage.

»Bleiben Sie unten, bis ich komme, es ist hier nicht Raum für Zwei!« rief das Mädchen dem Manne zu.

»Soll ich Ihnen nicht behilflich sein?« antwortete er und erntete ein helles Gelächter.

Sie war im nächsten Augenblick zwischen den Klippen verschwunden. Dann sah er sie wieder auftauchen und wieder verschwinden, wie ihr Weg sie von Felsblock zu Felsblock führte. Er eilte ihr entgegen. Die Andacht war schon wieder aus seiner Seele verschwunden und hatte der Neugier und einer erstaunten Aufregung über das Klettern und Springen des Mädchens platzgemacht.

Als er ihr endlich auf halbem Wege entgegentrat, war sie nur ein blasses, fröstelndes Geschöpf, dem kurzes, schwarzes Haar, feucht und strähnig vom Nebeltau, in das farblose Gesicht hing. Sie sah ihn ein wenig spöttisch an. Den Kopf hochmütig neigend, wollte sie an ihm vorüber.

Er war irgendwie sehr enttäuscht über das Dürftige und Verfrorene ihrer Erscheinung, ließ sie gehen, wendete sich aber gleich und rief ihr nach: »Fräulein!« Und ärgerte sich zur selben Zeit, etwas so Banales zu rufen.

Sie drehte sich blitzschnell herum, zog ihr Gesicht zu, einer greulichen Fratze, machte ihm eine lange Nase und sprang, ihr Kleid zusammenraffend, eilig den Abhang vollends hinunter, wo dann der Wald sie aufnahm.

Verblüfft und gekränkt blieb Fritz stehen und sah ihr nach, obwohl er sie schnell aus den Augen verlor und nur das Knacken dürrer Zweige und das Bröckeln von Steinen unter ihrem Fuß hörte, als fliehe ein aufgeschrecktes Waldtier durch das Buschwerk ...

II.

Solches ist der Anfang einer merkwürdigen Geschichte, welche durch Ellen von der Weiden mit aller Ausführlichkeit in ihrem weiteren Verlaufe dargestellt werden sollte. Aber wie besagte Ellen sich die einzelnen Stationen ihrer Eilfahrt zum Glück jetzt überlegt, scheint es ihr viel zu langweilig, sie aufzuzeichnen – auch kommen sie ihr mit einem Male gar nicht mehr so merkwürdig vor – nur das Ende behält immer noch etwas sonderbar Unwahrscheinliches für sie:

Nach sechs Wochen war Ellen von der Weiden, das singende Mädchen auf der Jungfernklippe, Frau Dr. Erdmannsdörfer in Berlin.

* *
*

Sie sitzt an ihrem dünnbeinigen, glänzend neuen und durchaus modernen Schreibtisch, zupft mit den Fingerspitzen an ihren Lippen und sieht durch das Fenster auf den Hof und die vielen Fenster der gegenüberliegenden Wand. Sie beginnt die Schläge zu zählen, die unten mit dumpfer Regelmäßigkeit auf einen großen Teppich niederfallen, den zwei Mägde schon seit geraumer Zeit bearbeiten, und es kommt ihr vor, als vernehme sie die Hand des Schicksals, die unaufhörlich und eintönig auf irgend ein armes, duldendes Geschöpf niederfällt. Nun eine Pause, und nun von neuem: Bum – bum – bum – bum – bum – bum ...

* *
*

Himmelkreuzdonnerwetter! Ich kann das nicht länger aushalten – ich werde verrückt ...

Und dies ist das stille Zimmer des Hauses, dahin der Straßenlärm nicht dringt – »wo Du von Waldeinsamkeit träumen kannst«, sagt Fritz ...

Die Sängerin über uns beginnt ihre Koloraturen zu üben ... Ich kenne ganz genau die Stelle, wo sie stocken wird ... Ha – da – jetzt ...

Kampf und Angst so eines fremden Geschöpfes täglich mit durchmachen zu müssen – wie ihr Wille mit ihrer Schwäche ringt und doch nicht siegen kann ... Ich glaube, wenn sie zum ersten Mal glatt durchkommt, schicke ich ihr einen Blumenstrauß ...

Ach ja – Waldeinsamkeit ... Aber sei doch ehrlich gegen dich, Ellen – du konntest ja die Waldeinsamkeit auch nicht mehr ertragen – die geliebte Waldeinsamkeit ... Und so kam es, daß ...

Brief an Fräulein Therese Leber.

Berlin, den 10. Juni.

Meine Thes, gestehe es nur. – Du warst enttäuscht. Ihr alle wart es. Kein zottiges Ungeheuer mit sehnsüchtigen Menschenaugen, kein schöner Förster, der das Waldhorn bläst ... Ganz simpel: Dr. Fritz Erdmannsdörfer, praktischer Arzt in Berlin. Ausgerechnet in Berlin, in der Potsdamer Straße!

Ich höre Papa noch, als Erdmannsdörfer bei ihm angehalten hatte:

»Was willst Du denn, Ellen – da paßt Du doch nicht hin. Ich habe ihm gesagt, er solle sich zum Teufel scheren, zurück in sein vom Satan der Geschmacklosigkeit besessenes Berlin.«

Und das Gesicht, als ich ihm antwortete: »Aber ich will ihn heiraten, Papa!«

Er nahm die Pfeife aus dem Munde – das vorher hatte er nur so bärenbrummig neben dem Pfeifenrohr herausgestoßen – er zog die Brauen hoch, seine schönen, sensitiven Augenbrauen, die ich so liebe – und natürlich platzte mir eine von seinen Derbheiten ins Gesicht – die ich nicht liebe und die Du ja kennst – so etwas von neugierigen Weiblein, die nicht warten können ... Und zuletzt: »Bilde Dir doch nicht ein, daß Du den liebst, Kind! Er ist ja auch viel zu alt für Dich.«

»Vierzig, Papa – das ist doch kein Alter. Ich bin auch nicht mehr so ganz jung.«

Er lachte, wie er zu meinen Dummheiten zu lachen pflegt, und dann: »Ich denke, Du wolltest den schönen Forstgehilfen, mit dem Ihr Mädels immer Euren Jux getrieben habt?«

»Papa – dem hättest Du doch Deine Tochter nicht gegeben!«

»Lieber, wie dem Berliner!«

»Aber Papa – es war ja nur sein Waldhorn, das mir's angetan hatte – ich fürchte, er kann nicht einmal orthographisch schreiben.«

»Das kann der Herr Fritz Erdmannsdörfer freilich – wenn Dir das genügt«, brummte damals mein lieber süßer Papa in seiner bösen Laune – und jetzt ist er schon so unmäßig stolz auf seinen Schwiegersohn.

Und ich bin eine glückliche Frau, Thes ... Komisch – so rasend glücklich, wie man sich als Mädchen einbildet?

Na ja ... der Hochzeitstag und was so drum und dran hängt ist wohl für jedes Mädchen eine Enttäuschung. Man erwartet eben, man soll von der Erde gehoben und wie zu einem mystischen Gottesdienst in einen wunderbaren Tempel geführt werden. Und dann ist alles so halb lächerlich und so ganz peinlich. Ich will nicht aus der Schule schwatzen, Thes, ich bin ja nun eine verheiratete Frau.

Schule der Ehe ...! Einen Herrn Präceptor habe ich wenigstens: Fritz hält mir täglich vor, wie viel ich zu lernen habe, um ihn zufriedenzustellen.

Zum Lachen ist es aber, wenn die Leute mich hier immer aufs neue fragen: »Sie sind doch gewiß sehr glücklich, in Berlin zu sein? Der Harz bietet doch wohl wenig Anregung!«

Thes – die Frühlingsabende auf der Wiese hinter unserm alten, lieben Waldhaus – und wie das junge Laub der Birken duftete ... Und Papas Rosen in dem kleinen Gärtchen, die er mit so rührender Mühe pflegte ...

Und unsere Wälder im Rauhreif, unsere eisstarrenden Klippen, in tausend seltenen Farben schillernd –! Und wenn in Schnee und Sturm Dein Mütterchen mit dem Laternchen am Arm aus dem Dorf zu uns heraufstieg, um Papa vorzulesen, und wie dann geschimpft wurde auf die neue Richtung und die neuen Dichter und Maler! Ich möchte nur, die Berliner hätten alle miteinander so viel Geist aufzuweisen, wie Papa an einem Abend verpuffte, wenn er so recht schimpfte. ... Achtung hat man hier doch noch vor Papa, obschon niemand mehr seine Bücher kaufen will. Stellt man mich als Frau Erdmannsdörfer vor, so fügt man immer hinzu: »die Tochter vom alten Hofrat von der Weiden.« Und dann fragt man mich aus, wie es käme, daß er sich so in die Einsamkeit zurückgezogen habe. Darauf weiß ich aber keine Antwort.

Neulich hörte ich, wie eine Dame hinter meinem Rücken zu einem Herrn sagte: »Ach, lebt der noch – ich dachte, der wäre längst gestorben.«

Und der Herr antwortete darauf: »Ist er auch, meine Gnädige, ist seit fünfzehn Jahren mausetot.«

Es war ein »bekannter Kritiker«. Na freilich, die ...

Thessie, mein eigentliches Leben ist doch noch bei Euch. Hier ist alles so schemenhaft. Als wäre ich auf einer Maskerade, kommt's mir manchmal vor. Oder als müßt' ich Theater spielen, in Stuben, die nicht mir gehören, zwischen Möbeln, die nur so von fremden Leuten dahin gestellt sind. Sie riechen auch noch nach Möbelmagazin, und die Schubladen gehen nicht auf. Fritz goß neulich seine Kaffeetasse über unsere neue Tischdecke und ärgerte sich und begriff nicht, daß ich mich totlachen wollte. Sie ist ausgewaschen, aber einen Fleck hat sie doch behalten. Nun kann ich sie ruhig benützen und brauche mich nicht mehr vor ihr zu fürchten. Ja, Thes, wahrhaftig, wenn ich allein bin, habe ich Furcht vor meinen Möbeln. Sie haben so etwas Drohendes in ihrer funkelnagelneuen Pracht. Sie stehen um mich her, wie Symbole einer Existenz, mit der ich auch noch nichts anzufangen weiß. Natürlich vor meinem Dienstmädchen habe ich ebenfalls Angst. Es ist nämlich 'ne Perfekte. Denke mal – in irgend etwas perfekt zu sein! Morgens mit dem Gefühl aufwachen: ich bin eine »Perfekte«. Und abends sich mit dem Bewußtsein ausstrecken und die Augen zumachen: »Heut' war ich mal wieder »perfekt«, und morgen werde ich's wieder sein, und übermorgen auch. Eigentlich beneidenswert ... Du – ich habe eine Antipathie gegen »perfekte« Menschen. Ich freue mich ordentlich, wenn ich an Fritz einen Fehler entdecke. Genug für heut.

Thessa, Therese, Röschen meiner Seele – wann kommst Du? – Du weißt, Du hast es mir versprochen, mich im jungen Haushalte zu besuchen. Nur ganz gemeine Menschen halten ihr Versprechen nicht! Thes, wir wollen Berlin auf den Kopf stellen. – Wir beide – Berlin! Ach, Thes, Du hast Dir in Deinen schrecklichsten Träumen nichts so greulich Großes vorgestellt, wie dieses Berlin.

Aber auf Dich freue ich mich, meine kleine, niedliche, appetitliche, vergnügliche Thes! Ich freue mich! Ich freue mich! Und bring mir Buchenlaub mit und Rosen aus Papas Garten! Viele! Viele!

Deine Ellen.

III.

Thes muß kommen. Sie muß! Ich lasse ihrer Mutter keine Ruhe! Ich brauche sie. Ich werde verrückt vor Sehnsucht. Herrgott, der graue Hof mit den vielen Küchenfenstern und den Speisedünsten ... Fritz wundert sich, daß ich keinen Appetit habe. Wie kann ich, wenn ich seit dem frühen Morgen rieche, was all die vielen Leute in unserem Hause essen werden ... Und wenn draußen die Sonne scheint, daß das Pflaster glüht, zu mir kommt sie doch nicht herein, nur die Hitze quillt durch die niedergelassenen Jalousien und macht mich müde und übellaunig – so eine trockene, unfruchtbare Stadthitze. Und der Lärm dringt herein und tobt zudringlich mit Rasseln, Klingeln, Dröhnen, mit dem Stampfen und Trappeln der Tausende von Füßen, die täglich unter meinen Fenstern vorübereilen. Mittag, wenn der Verkehr auf seiner Höhe ist, kann ich lange stehen und zuschauen, wie die Menschenströme auf und nieder fluten ... Zuweilen unterhält es mich, aber noch öfter faßt mich eine dumpfe Furcht, ein Grauen vor der Fülle von Leben, der Fülle von Gedanken und Empfindungen – von Schicksal, das da in dem weißen, glitzernden Sonnenlichte, in bunten Farbenflecken schillernd die Straße hinauf und hinab wallt.

Kommt Fritz mittags blaß und abgehetzt aus der Klinik, so beneidet er mich, daß ich behaglich im kühlen Zimmer sitzen konnte. Dann schäme ich mich und habe ihn so lieb, und bewundere ihn um seines Fleißes und seiner Gewissenhaftigkeit willen. Das hat er gern.

In Berlin eine solche Praxis errungen zu haben – ich glaube wirklich, ich besitze einen bedeutenden Mann.

Nur manchmal versteht er mich gar nicht, weiß überhaupt nicht, was ich meine. Stimmungen und so was. Man ist sich eben doch noch sehr fremd.

In Liebesstunden, wenn mein Kopf an seiner Brust liegt, und er mir so träumerisch das Haar kraut, frage ich manchmal: »Was denkst Du jetzt?« Das kann er nicht leiden.

»Unsinn, nichts ...«

Aber ich möchte es wissen. Oder wenn's kein Denken ist, dann Empfinden. Ob seine Art, zu fühlen, ähnlich ist der meinen? Ob stärker, ob schwächer? Ob ganz verschieden?

Ach, das ist grausig – so nah' beisammen – Eins und doch Zwei. Einsam auch da. Das ist keine schöne Einsamkeit. Sie ist qualvoll.

Das muß er zum Beispiel nicht so empfinden. Sicher ist er in den Augenblicken, wo er mich küßt, glücklicher als ich. Ich möchte sagen, er genießt das wie ein sehr gutes, feines Gericht, und ich möchte immer noch etwas anderes, etwas Geheimnisvolles, Unermeßliches.

Ich frage mich immer: Fühlst du nun auch das höchste Glück, das dir zu fühlen möglich ist? Und die Angst, das Entsetzen: Wenn du's nicht fühlst, liebst du ihn nicht, wie du solltest, dann ist dein Leben verpfuscht.

Will ich ihm meine Leiden beichten, denn er muß doch wissen, wie es in mir aussieht, dann lächelt er halb verlegen, halb beschwichtigend, und sagt auch wohl: Quäle dich doch nicht, darauf kommt's ja gar nicht an.

Worauf kommt es denn nicht an?

* *
*

Die Klinik! Ja, das ist ein Kapitel. Und Fritz ist so stolz auf sein Reich, daß er keine Ruhe hatte, bis ich es gesehen – ihn dort gesehen hatte.

In dem langen Leinenkittel trat er mir ganz fremd entgegen, als ich ihn am Tage nach unserer Ankunft abholte. Natürlich wollte ich vor allem ins Operationszimmer, durfte aber nicht. Fritz hielt vorsichtig den Türgriff in der Hand. Ein Mädchen trug einen Wasserkübel vorbei, in dem Stücke blutiger Watte schwammen. Ich reckte den Hals – ich mußte den

Schauder ordentlich genießen. Fritz flüsterte: »Du beträgst Dich wie ein Backfisch, Ellen!« Oberin und Wärterinnen wurden mir vorgestellt; dann führte er mich in verschiedene Krankenzimmer, wo leichtere Patienten lagen. Ich wußte nicht recht, was ich mit ihnen reden sollte; lächelte möglichst freundlich. Eine bildhübsche junge Frau sah mich neugierig an. Als wir gingen, streckte sie mir die Hand nach und rief: »Ach, bitte, kommen Sie bald wieder!« Dabei schossen ihr die Tränen in die Augen.

»Sie hat starkes Heimweh nach ihren Kindern«, flüsterte die Oberin, als wir draußen waren. »Des Morgens ist ihr Kopfkissen oft ganz durchnäßt von ihren Tränen.«

Fritz schüttelte den Kopf. »Ich muß sie einmal ins Gebet nehmen, so geht's nicht weiter. Wir kommen nicht vorwärts.«

»Aber Fritz, das ist doch begreiflich«, wagte ich einzuwerfen.

»Ach, Kind, der Mensch muß sich zusammennehmen.«

»Du, ich würde närrisch vor Angst, wenn ich in solcher Klinik wäre. Ganz bestimmt; ich machte Fluchtversuche.«

»Laß das meine Kranken nicht hören, Dummerchen.«

»Muß denn die Arme noch lange bleiben?«

Fritz nickte nur mit einem nachdenklichen Gesicht. Übrigens war er zerstreut, oder vielmehr, er war ganz bei der Sache und gab mir deshalb oft keine Antwort auf meine tausend Fragen. Einige Male nahm er die Oberin beiseite und redete lange mit ihr.

Er gefiel mir gut. Er hatte beinahe etwas Königliches in der ruhigen Bestimmtheit, mit der er seine Befehle gab.

Er wünschte von mir, daß ich eine Art Oberaufsicht übernehme. Himmel, ehe ich mich getraue dieser energischen Vorsteherin in irgend etwas zu widersprechen, müßte es arg kommen!

– Ach, Fritzchen, ich fürchte, Du hast doch noch Illusionen ...

Er denkt im ganzen gering von den Menschen, aber er meint immer, es läge an der falschen Erziehung.

Als ich Fritz das nächste Mal abholte, brachte ich der jungen Frau ein paar Blumen mit. Fritz war noch beschäftigt, und wir schwatzten. Sie zeigte mir die Bilder ihrer Kinder. Ihr Mann ist Direktor einer großen Maschinenfabrik – es scheint ihnen sehr gut zu gehen. Wie glücklich könnte sie sein und muß nun hier liegen.

Ich versuchte sie zu trösten.

Sie sah mich an mit einem herzzerreißenden Ausdruck in ihren schönen braunen Augen.

»Ich werde nicht gesund«, flüsterte sie mir hastig zu. »Niemals wieder. Ich weiß es. Der Herr Doktor will's mir nicht so gerade heraus sagen. Alles war umsonst, die gräßlichen Leiden – Wissen Sie, die Schmerzen sind es ja nicht allein – es ist das Seelische ... Und so weitergegeben werden – aus einer Hand in die andere ...«

Sie schüttelte sich und vergrub den Kopf in die Kissen.

Ich saß und versuchte zu begreifen, was die Frau durchgemacht haben mußte. Und begriff es.

Das zarte, feine Geschöpf. So vornehm und hilflos ...

Ich tobte innerlich. »Das würde ich nicht leiden. Lieber tragen, was der Herr einem schickt. Nur nicht das«, stieß ich heraus.

Sie wendete den Kopf und sah mich an.

»Ach – Sie sind ja noch so jung verheiratet, Sie wissen ja nicht ...« murmelte sie, und ihr ganzes süßes Gesicht verzog sich vor Schmerz. »Wenn ich nicht gesund werde, ist alles aus – alles, alles!« schrie sie plötzlich gellend heraus und begann zu schluchzen; es war gar kein Weinen mehr, es war ein tierisches Heulen.

Ich versuchte, sie in meine Arme zu nehmen, zu küssen, zu streicheln; sie aber stieß mich zurück. Ich lief nach der Klingel und läutete; die Oberin kam, machte ein sehr strenges Gesicht und fuhr die junge Frau an wie ein kleines Kind, das ungezogen gewesen ist.

Sie biß die Zähne in die Lippen, blickte die Oberin mit einem Ausdrucke von Haß, ja von Abscheu an, wurde wachsgelb in der Anstrengung, sich zu beherrschen. Es tat mir furchtbar leid, daß ich geklingelt hatte.

Die Oberin führte mich hinaus. Fritz kam. »Was war denn los?«

»Sie hat wieder einen ihrer Anfälle gehabt«, sagte die Oberin in einem Ton, als berichte sie von einer planmäßig verübten Bosheit.

Fritz seufzte. »Ich will noch einen Augenblick zu ihr.«

Er kam gleich wieder, und wir gingen schweigend die Treppen hinunter.

»Fritz, ich war ganz ohne Schuld«, begann ich zaghaft.

»Ich weiß, ich weiß«, murmelte er. »Man ist da völlig ratlos. Läßt man niemanden zu ihr, so verzehrt sie die Langeweile; erlaubt man Besuch, so regt sie sich unsinnig auf. Es ist ein ganz hoffnungsloser Fall.«

»Fritz, kann sie denn wirklich nie wieder gesund werden?«

Fritz zuckte die Achseln. Er wollte nichts sagen.

»Na nun, Kind, laß uns von anderen Dingen reden.«

Ich versuchte, aber es wollte nicht gehen. Dieser wunderschöne Tag – alles funkelte vor Leben und Glanz und Farbe – es hätte können so entzückend sein, so mit seinem Schatz in der offenen Droschke Unter den Linden entlang zu fahren. Wir machten einen weiten Umweg, weil Fritz noch ein wenig Luft schöpfen wollte, fuhren durchs Brandenburger Tor in den Tiergarten. Mir war keine Freude möglich. Ich hörte fortwährend die Verzweiflungsschreie der Frau.

Ich stellte mir vor, welcher Art die Schmerzen fein mochten, die sie zu dulden hatte, und es war mir endlich, als spürte ich sie in meinem eigenen Leibe. Ich war ganz zerrüttet.

Fritz wurde ärgerlich und schalt mich.

»Wenn Dich das so aufregt, lasse ich Dich nie wieder in die Klinik. Ich will eine gesunde, lustige Frau haben, verstehst Du mich? Wozu habe ich Dich sonst aus dem Harz geholt? Hysterische Frauenzimmer hätte ich in Berlin zur Auswahl gehabt.«

Ich war beleidigt, und wir zankten uns beinahe ernsthaft. Menschliches Mitgefühl darf er mir nicht verbieten.

Kaum konnte ich die Zeit erwarten, bis er ging am andern Morgen. Dann sauste ich fort, wollte zu Frau Randells Kindern, um ihr frische Grüße zu bringen. Natürlich erst in eine falsche Pferdebahn – war froh, als ich einen Droschkenstand erreichte. Niemals werde ich diese Pferdebahnsache begreifen. Darüber soll Fritz sich nur keinen Hoffnungen hingeben.

Ein gewaltiges Haus, weit draußen im Westen, am Kurfürstendamm. Kolossale Marmorsäulen, Lorbeerbäume am Treppenaufgang, goldenes Geländer – überladen. Nun, Frau Randell hat ja das Haus nicht selbst gebaut, und ihr Mann wohl auch nicht.

Ich traf die Kinder nicht allein, eine Dame, die sich mir als Freundin des Hauses vorstellte, saß bei ihnen im Kinderzimmer und fütterte sie mit Chocolade. Davon waren sie so hingenommen, daß sie gar nichts von der Mama hören wollten. Ihr Fräulein schien etwas pikiert, als ich sagte, ich möchte Frau Randell berichten, wie es zu Hause stehe – sie schien zu meinen, Frau Randell habe mich als unbequeme Aufsicht gesendet. Ich verabschiedete mich schnell. Die elegante Frau erhob sich gleichfalls und begleitete mich hinaus. Dabei fragte sie ungemein interessiert nach Frau Randells Befinden, und wann sie wohl zurückkehren dürfe. Auch sagte sie mir viel Schmeichelhaftes über Fritz. Jedermann wundere sich, daß er nicht Universitäts-Professor werde. Aber er wolle wohl nicht fort von Berlin, und hier sei es natürlich schwer, anzukommen.

Clique – alles Clique! »Ja – Sie werden noch Ihre Erfahrungen machen ...«

Die Frau hatte etwas Heiter-Blühendes. Sie gefiel mir gut und war auch so wunderschön angezogen: das Kleid ein heliotropfarbener Duft, der Schirm warf einen zarten grünen Schatten über sie hin. So etwas kann mich geradezu begeistern.

Als ich aber der Randell die Grüße von zu Hause brachte und begann, von ihrer Freundin zu schwärmen, kam wieder der schreckliche Blick in ihre Augen – sie fuhr aus den Kissen und packte meinen Arm.

»Die war da! Natürlich – sie wird wohl täglich da sein – wird schon die Zeit benutzen! Und ich liege hier und darf mich nicht rühren – muß alles gehen und geschehen lassen, bis auch die Kinder mir entfremdet werden.«

»Aber liebste Frau«, versuchte ich zu trösten, »warum machen Sie sich nur so schwarze Gedanken? Als ob es möglich wäre, Kinder mit ein paar Geschenken ihrer Mutter zu entfremden.«

Ein Ausdruck von Härte, ja von Haß trat in ihr Gesicht – es war merkwürdig, wie er die Frau verhäßlichte.

»Sie kennen Lina Mayern nicht!« sagte sie höhnisch. »Sie ahnen nicht, wie klug das Weib ihre Zwecke zu fördern weiß.«

Sie starrte vor sich hin und kam mir in dem Augenblick beinahe irre vor. Es grauste mir vor der unglücklichen Frau.

Ich nahm ihre Hand und streichelte sie sanft. Lange Zeit schien sie kaum darauf zu achten, lag regungslos. Endlich tat es ihr doch wohl gut. Sie bat mich, ihr die Arznei zu reichen, und wir plauderten dann noch ein wenig. Sie beklagte sich über die Unaufmerksamkeit der Oberin und hatte einige andere Wünsche. Ganz leicht ist sie wohl nicht zu behandeln, die arme Kranke. Sie ist von Mißtrauen beherrscht und meint, ein jeder will ihr Übles tun.

* *

Hoffentlich hat Fritz nicht den heimtückischen Gedanken, es käme in der Ehe vor allem auf die »Führung des Haushaltes« an.

Das würde in der Tat bedenkliche Enttäuschungen geben. Am ersten Sonntag, als wir zu Mittag Gäste hatten, Fritzens Universitätsfreund Dr. Richter und den kleinen Assistenzarzt aus der Klinik, ließ die Perfekte uns denn richtig eine volle geschlagene Stunde aufs Essen warten. O, du mein Himmel ... Fritzens Stimme wurde immer schonender, immer beschwichtigender, und er fing schon an, zwischen den Zähnen zu summen. Das tut er, wenn seine Ungeduld den höchsten Gipfel erreicht hat, wenn er sich gewaltsam beherrscht, um nicht grob zu werden, weil er nämlich Heftigkeit über alles verabscheut.

Als er schließlich nur noch mit einer wahren Flötenstimme redete, es war schon halb drei, fragte ich den kleinen Assistenzarzt: »Spricht er nicht in dem Ton bei allen schweren Fällen, wo schon fast keine Hoffnung mehr ist?«

»Ach ja, gnädige Frau, und dann sagen die Patienten, der Herr Doktor ist ein Engel!«

Wir lachten nun alle. Richter erzählte von einem Duell, wobei Fritz als Arzt habe assistieren müssen. Da sei er auch während der Fahrt zum Platz wie ein Lämmchen gewesen, während Richter selbst vor Aufregung immer lauter geschwatzt und Behauptungen aufgestellt und geschrien habe. Es sei ein schweres Duell gewesen, und Fritz habe ihm nachher gestanden, er hätte nicht zehn Pfennige für sein Leben gegeben.

Ich wollte nun die Duellgeschichte genauer wissen ... Herr Richter machte nur ein wichtiges Gesicht und meinte, das sei nichts für so junge Frauen, womit er mich doppelt neugierig machte. Das wollte er ja auch. Ich habe ihn nicht besonders gern. Er ist zu sehr von sich eingenommen. Fritz hält viel auf ihn und sagt, er sei gescheit. Um die Situation zu retten, neckte ich ihn nun mit seinen gefährlichen Abenteuern und schwatzte wie närrisch, machte Leuten nach und erzählte Geschichten von Tante Leber und ihrer Verehrung für Papa. Die Herren lachten unbändig. Es gab eine allgemeine Überraschung, als endlich doch zu Tisch gerufen wurde.

Nachher wollten sie immer mehr hören, der kleine Assistenzarzt mit seinem klugen, spitzigen Judengesichtel fiel beinahe vom Stuhl, er winselte förmlich vor Lachen. Und Herr Richter wurde ganz andächtig.

»Gnädige Frau, so etwas hätte ich nicht für möglich gehalten«, sagte er zuletzt und küßte mir die Hand. »Ich habe ja nicht geahnt, daß ich mich noch so intensiv amüsieren könnte – was sind denn da Apollo-Theater, Wintergarten ...«

»Na, na«, machte Fritz.

»Nun, Alter, Du weißt ja, wie ich's meine. Aber nimm Deine Frau vor den Berliner Theater-Direktoren in acht ...«

– – Ach, dumm, so etwas aufzuschreiben. Es war doch ein ziemlich banales Kompliment.

Ich weiß nicht, was ich an mir habe, daß ich die Leute so aufrege ...
Andere Frauen schwatzen doch auch und erzählen Geschichten.

Der kleine Assistenzarzt hat mir am andern Tage einen großen Rosenstrauß gebracht. Fritz hat sich aber solche Scherze für die Zukunft verbeten.

Ich habe nach Stunden, wo ich mich so ausgebe, immer einen blödsinnigen Katzenjammer. So leer und hohl fühle ich mich. Könnte heulen vor innerer Unlust an mir selber. Sich zum Hausnarren zu machen ... Widerlich!

* *
*

Gestern jagte ich Fritz einen gehörigen Schreck ein ... oder fingiert er ihn nur, um mich zu erziehen? Das ist mir nicht ganz klar.

Ich war allein spazieren gegangen. Wollte einmal die »Großstadt« auf mich wirken lassen. Sie hat mir noch immer so etwas Grausiges. Das Gefühl, das mich beklemmend erfaßte, als wir auf dem Anhalter Bahnhof ankamen und gerade ein Sommer-Expreßzug in die Schweiz abgelassen wurde und das Gerase und Gelaufe von Hunderten von Menschen mich völlig betäubte, und ich mich krampfhaft an Fritzens Arm klammerte, das habe ich noch nicht wieder verloren. Sobald ich mich aus meinen vier Pfählen herauswage, ist es mir, als gerate ich in einen Strudel, der mich rettungslos erfaßt, mich armes, schwindelndes, atemloses Ding irgend wohin wirbelt, wohin ich nicht will ...

Nun mache ich auch immer so dumme Geschichten. Sehe ein Gesicht, das mich brennend interessiert, laufe dem Betreffenden nach, um zu ergründen, wer er ist, wohin er geht, was er treibt – finde mich plötzlich in einer unbekannten Straße, und die Unheimlichkeit der Fremde überwältigt mich. Wie ein Kind, das sich verlaufen hat, könnte ich gerade heraus heulen vor Angst.

Im Geiste sehe ich dann einen roten Zettel an den Litfaßsäulen – oder vielmehr ich sehe immer, wie ein Mann dasteht und mit einem breiten Pinsel Kleister auf eine Stelle streicht und ihn anklebt, während ein Trupp Straßenkinder ihm andächtig zuschaut: »Seit vorgestern wird eine junge Frau vermißt. Groß, schlank, blasses Gesicht, graue Augen, kurz geschnittenes Haar, bekleidet mit schwarzem Rock, grün und blau karrierter seidener Bluse, weißem Strohhut mit schwarzem Sammetband, braunen Schuhen und Strümpfen. Dem Wiederbringer hohe Belohnung. Verzeihung zugesichert. Der verzweifelnde Gatte.« – Und ich werde irgendwo im Norden oder Osten hinter vergitterten Fenstern gefangen gehalten. Das soll schon vorgekommen sein. Ich habe es in der Zeitung gelesen.

Dieses entzückend Schauerliche, Schreckenerregende, von dem man nicht einmal weiß, worin es eigentlich besteht, das reizt mich so mächtig. Ich muß hinaus, um mich zu fürchten.

Auf dem Leipziger Platz stürze ich mich blindlings ins Gewühl und werde eben noch von dem Schutzmanne vor den Pferden einer Equipage weggerissen. »Na, Madameken, immer vorsichtig ...« Und erklärt mir nun, daß man erst auf die Wagen von rechts, dann auf die Wagen von links zu achten habe – oder umgekehrt. Im Nu hatt' ich's wieder vergessen, bedanke mich, rase weiter – von wildem Entsetzen gepackt, und finde mich in den Armen eines jungen Mannes, der zugleich einem Kutscher hoch oben auf dem Bock eines greulichen Omnibusses zuruft, ob er denn keine Augen im Kopfe habe, was dieser von seinem unangreifbar hohen Standpunkte aus mit einer Flut von Schimpfworten beantwortete.

»Von einem Omnibus überfahren, das wäre doch kein schöner Tod«, sagte der junge Mensch, als er glücklich mit mir auf der Sicherheitsinsel gelandet ist. Dabei fällt mir ein, warum hatte ich noch nie daran gedacht, daß ich Fritz könne zerschmettert ins Haus gebracht werden? Weiß nicht!

»Nein, kein schöner Tod«, antwortete ich etwas stupid und bringe meinen schief gerutschten Hut in Ordnung. Der Jüngling wiederholt die Erklärung des Schutzmannes von vorhin.

»Ach, lassen Sie nur«, unterbreche ich ärgerlich, »ich behalte es doch nicht. Und da ich in der Potsdamer Straße wohne und fast zu allen Gängen über den Leipziger Platz muß, gebe ich es überhaupt auf, in Berlin noch auszugehen. Ich lerne es nie.«

»Jetzt werde ich Sie erst mal sicher hinüberführen«, sagt mein Retter so recht väterlich, und reicht mir den Arm.

»Das ist wirklich nett von Ihnen«, sage ich mütterlich, denn er ist mindestens drei Jahre jünger als ich. Und so gelangen wir glücklich auf das Trottoir der Leipziger Straße.

»Es giebt übrigens noch einen anderen Weg für Sie«, beginnt der ritterliche Knabe. »Wenn Sie am Fürstenhof herum und zwischen den Anlagen hindurchgehen, vermeiden Sie ja den schrecklichen Platz.«

»Sie sind ein ungewöhnlich gescheiter, junger Mann«, rufe ich erstaunt, denn der so naheliegende Gedanke war mir noch nie gekommen. »Aber müßte ich meine Furcht nicht zu überwinden suchen?«

»Nur nicht immer so ethisch«, tadelt der Jüngling. »Feigheit ist auch nur ein Zustand, der mit anderen sensiblen Dingen zusammenhängt. Wenn wir sie überwinden, wissen wir nicht, was wir sonst noch in uns töten.«

Ich sah ihn überrascht an. War das eine Dummheit oder war es sehr tief?

Unwillkürlich mußte ich über ihn lachen; er fuhr aber ernsthaft fort: »Bitte, lachen Sie nicht, ich möchte Sie gerne etwas fragen: Meinen Sie das vorhin wirklich oder sagten Sie es nur zum Scherze?«

»Was? Wieso?«

»Es ist mir von großer Wichtigkeit, zu erfahren, welchen Eindruck ich auf Fremde mache. Würden Sie mich für dumm oder bedeutend halten?«

Ach, Gott, war das himmlisch unberlinerisch. Das Herz wurde mir ganz warm. Ich betrachtete meinen Lebensretter nun eingehend.

Nein, bedeutend konnte man sein Äußeres mit dem besten Willen nicht nennen.

Ein riesenhaftes Baby, dessen weiches, rundes Gesicht durch viele kleine Pickel und blaue und rote Flecke von vernarbenden anderen Pickeln etwas Mitleid erweckendes bekam. Ein zurückweichendes Kinn und ein kindlicher, bartloser Mund, eine Nase, die auf eine seltsame, schwer zu beschreibende Art es vereinte, zugleich breit und spitz zu sein, hellblaue Augen hinter einer Brille. Dazu ein gestreiftes Flanellhemd mit weichem Kragen, aus dem sich eine dünne, rote Kravatte lang und melancholisch hervorschlängelte, ein dunkelgrüner Anzug, dessen Hosen sehr hoch aufgekrempelt waren, trotzdem wir ganz trockenes Wetter hatten.

»Ja – leider muß ich gestehen«, begann ich.

»Nicht wahr, nicht wahr!« rief er lebhaft. »Dumm! Geradezu ein bißchen dottig! Aber doch wenigstens ungewöhnlich. Das müssen Sie doch zugestehen?«

Und dabei sah der lange Kerl so ernsthaft und zugleich so schelmisch aus, daß man die Überzeugung bekam, es stecke doch etwas hinter ihm.

»Hören Sie, ich glaube, wir benehmen uns auffallend«, sagte ich, halb tröstend und halb ablenkend. »Die Leute sehen sich alle nach uns um.«

»Das tun sie in Berlin gleich. Darf ich noch ein bißchen mit Ihnen gehen?«

»Nein, ich glaube, das dürfen Sie nicht.«

»Ach, wie schade. Aber eins muß ich Ihnen noch sagen: Sie haben so eine furchtbar geschmacklose Bluse an. Wie kann eine Frau oder eine junges Mädchen ...«

»Bitte, Frau!«

»Ach, das ist gut«, rief er freudig. »Ich habe alte Frauen so gern.«

»Na, hören Sie mal ...«

»Sie sind wohl noch nicht alt?« fragte er schüchtern.

»Dreißig!« log ich ins Blaue hinein.

»Nun, sehen Sie!«

Das letzte Wort hörte ich nur aus weiter Ferne. War es die Hitze, war es der Schrecken, mir war zu Mute, als zöge man lange schwarze Gazestreifen an meinen Augen vorüber, es rauschte und brauste mir vor den Ohren, ich glaube, ich war nahe daran, ohnmächtig zu werden. Ich habe das leicht, es hat nichts zu bedeuten.

»Wenn ich ein wenig Wasser haben könnte«, murmelte ich, wie man eben Unmögliches verlangt.

»Gehen wir doch in ein Café«, rief der Jüngling. »Ich weiß ein nettes kleines Lokal hier in der Nähe. Können Sie sich noch so weit aufrecht halten?«

Ich nickte schweigend, nahm seinen Arm, und wir sprachen weiter nichts, bis wir im Kaffeehaus saßen und ich Selterwasser getrunken hatte und mich allmählich erholte.

Hätte Fritz mich da gesehen ... Ich glaube, er wäre trotz seiner stärkeren Konstitution seinerseits ohnmächtig geworden. Wenigstens, wenn ich nach seinem Gesichte schließe, als ich ihm erzählte, ich hätte den Jüngling zum nächsten Sonntag Abend eingeladen.

»Liebe Ellen, so etwas geht doch nicht«, sagte der gute Mann bekümmert.

»Warum nicht?« fragte ich. »Papa hat oft genug Leute zum Essen mitgebracht, die er irgendwo auf einem Spaziergang getroffen hatte. Wie viel merkwürdige und amüsante Menschen habe ich auf die Weise kennen gelernt.«

»Nun ja, Dein Vater ist der alte Weiden. Ein Original. Übrigens hat er einen sehr scharfen psychologischen Blick.«

»Meinst Du, weil er Dich auch so mir nichts Dir nichts über den Gartenzaun hinweg eingeladen hat, als Du fragtest, wie mir mein Morgenausflug bekommen sei?«

Fritz mußte lachen. »So 'ne kleine Frau! Man kann ihr nichts anhaben. Immer muß sie das letzte Wort behalten ... Versprich mir nur, Ellen ...«
»Was?«
»Künftig vorsichtiger zu sein.«
»Kann ich nicht. Ist mir nicht gegeben. Vertraue doch auch ein bißchen auf meinen psychologischen Blick.«

* * *

Wie viel liegt oft in dem Gang eines Menschen, in der Art und Weise, wie jemand die Pferdebahn besteigt, hereinkommt und sich hinsetzt. So viel Abgehetztheit, Lebenskummer sieht man oft. Neulich, als ich mit Fritz fuhr, stand ein Kind vor uns, ein Mädchen mit der Schultasche am Arm. Kleine Prinzessin! Das edle Profilchen und die Lider gesenkt, als ginge sie all der Trubel ringsumher nicht das mindeste an. Eine Sicherheit – wie sie ihr Fahrscheinheftchen halb hervorzog und dem Conducteur wies. Das Mündchen verdrossen – alt – alt! Und wie sie mich ansah, als sie bemerkte, daß ich sie beobachtete: Ruhig, abwehrend, hochmütig ... Es machte sogar Eindruck auf Fritz.
»Das arme Geschöpf«, sagte er, als wir ausstiegen und weiter gingen. »Siehst Du, solch ein Kind zu haben, wäre mir entsetzlich.«
»Es war doch schön.«
»Diese kranke, angefaulte Schönheit ist mir ekelhaft. Die nervösen Hände mit elf Jahren ... Unsere Kinder müssen runde, rosenrote, kleine Tappelbären sein!«
Er drückte meinen Arm ein wenig. Ich habe seine flüchtigen Zärtlichkeiten gern. Sie sind selten, darum genießt man sie wie Kostbarkeiten.

* * *

Unsere Kinder ...
Die Nacht nach dem Abenteuer mit dem komischen Jüngling habe ich wachgelegen und in mich hineingelauscht. Was bedeuten denn die Schwindelanfälle, die mir setzt so oft kommen?
Unsere Kinder ...
Manchmal erzittere ich vor Begierde; kann's nicht erwarten – das Glück. Ich weiß, das ist das Glück. Nicht Ehe. Obschon ich Fritz lieb habe. Er gefällt mir. Sein dichtes, kurzgeschorenes blondes Haar, wie ein

Maulwurfspelzlein, wenn man mit der Hand darüber gleitet. Auch seine Sauberkeit, der frische Duft seines Körpers.

Ach Gott, das Glück! ... Wissen wir denn, was es ist, wo es ist, wann wir's haben und wann wir's nicht haben?

Mein Vater und meine Mutter waren nicht glücklich, und als sie starb, hat er sie doch so leidenschaftlich betrauert. Und so grenzenlos bereut. Wäre sie wieder aufgewacht, sie hätten sich aufs neue gezankt, so wütend wie zuvor.

Ich bin auch heftig, und im Streit entfahren mir abscheuliche Bosheiten. Es ist gut, daß Fritz so viel Geduld hat. Aber manchmal reizt mich seine überlegene Ruhe mehr, als alle Grobheit mich reizen würde. Zumal wenn ich fühle, daß ich im Recht bin, und daß seine Anschauung von den Dingen ein praktischere und oberflächlichere ist als meine. Behandelt er mich dann so schonend wie ein krankes Kind, regt mich das unsinnig auf. Er hat mir schon ein paar Tage nach der Hochzeit gesagt: Hätte er gewußt, daß ich so zornig werden könne, würde er mich nicht geheiratet haben. Da mußte ich nur überlegen lachen. Er ist verliebt, beinahe widerwillig verliebt. Und stolz auf mich. Ich weiß es. Mit diesem Bewußtsein will ich für heute schließen.

* *
*

Etwas bänglich war mir doch, welchen Eindruck mein »Lebensretter« auf uns machen würde. Daß er keinen Gesellschaftsanzug besitzt, hatte er mir schon mitgeteilt, und daß er seine Hosen aufschlägt, weil sie zerfranst sind und er augenblicklich kein Geld hat, sie reparieren zu lassen. Auch findet er, es sieht nicht unchic aus. Der Chic gehört zu seinen Lebensidealen, aber ich denke, er versteht darunter etwas anderes, als man gewöhnlich annimmt.

Nun, Gott sei Dank, der Jüngling war Fritz nicht unsympathisch. Ein paarmal hat er so über ihn gelacht, wie ich Fritz noch kaum habe lachen sehen. Glücklicherweise nimmt es Jacobus Sieveking nicht übel, wenn man über ihn lacht. Das liebe ich. Es liegt Freiheit darin. In der Art und Weise wie er sich gleich ungeniert heimisch fühlt, merkt man, daß er aus einem guten Hause kommt.

»Jacobus Sieveking«, wiederholte ich nachdenklich. Er fragte, ob der Name nicht klänge, als könne er einmal berühmt werden.

»Mehr, als sei er es schon gewesen«, antwortete ich, und fragte, ob er mit dem alten Maler Sieveking verwandt sei.

Also wahrhaftig, der Sohn von Papas altem Freunde.

Diese Beziehung ließ Jacobus ganz kühl, mir dagegen war es, als sei er mir plötzlich um vieles vertrauter.

Fritz fragte, wie er zu seinem frommen Vornamen käme.

»Wir sind zwölf Kinder, da beschloß mein Vater, uns die Namen der zwölf Apostel zu geben.«

»Ja, wußte er denn, daß sein Haus so reich gesegnet werden würde?« fragte Fritz lachend.

»Der Herr hatte sich ihm wohl offenbart«, antwortete Jacobus ernsthaft.

»Und Ihre Frau Mutter? Herrgott muß das eine Frau sein!« ...

»Sie ist tot. Sie hat uns zwölf Kinder geboren und ist gestorben.«

Wir waren alle still. Wie wenn man plötzlich Kirchenglocken läuten hört und auf den großen, feierlichen Ton lauscht.

Später trat Jacobus vor das kleine Bild vom jungen Tobias und dem Engel über meinem Schreibtisch.

»Da haben Sie ja auch etwas von Papa! ... Nein, wirklich jammervoll!«

»Hören Sie mal, ich liebe das Bild.«

»Ich liebe es ja auch. Aber darum ist es doch jammervoll. Und der Mann verdient noch so viel, daß er mir monatlich fünfzig Mark geben kann! Ich wundere mich jedesmal, wenn sie kommen.«

»Sie sind Künstler?«

»Ach leider noch nicht. Ich imitiere noch zu viel. Sobald ich etwas sehe, das mir gefällt, gleich mache ich was Ähnliches. Das ist mein Unglück. Die vom Kunstgewerbe meinen, mein ursprüngliches Talent liege in der Litteratur, und die von der Litteratur meinen, es läge im Kunstgewerbe. Wenn ich's nur selbst wüßte.«

»Und Ihre Brüder?«

»Einer ist Pastor, einer Leutnant, einer zeichnet Ansichtspostkarten, und einer arbeitet in der Berliner Stadtmission. Das Übrige geht noch in die Schule. Ich weiß nicht, wovon sie alle leben. Der Herr schenkt es den Seinen im Schlaf ... Müßte ich heute wieder nach Hause, wie fremd wäre ich da. Und bin doch kaum ein Jahr fort.«

»Ihr Vater wohnt in Dresden?«

»Ja, in Blasewitz. Wir haben da ein Haus, und die Familie ißt das Gemüse aus dem Garten.«

Später, nachdem er des längeren mit Fritz verhandelt hatte, wo es die besten Cigaretten in Berlin gäbe, und eine Kenntnis bewies, die mit seinen fünfzig Mark Monatseinnahmen in keinem rechten Verhältnisse stand, las er uns ein paar Gedichte vor, das heißt Gedichte kann man nicht sagen, er will nur durch eine Art von rhythmischer Prosa eine Melodie anschlagen, eine Stimmung leise verklingen lassen.

>   Nun ich Dich kenne, Kleine,
>   Kann ich Dir nimmer trauen.
>   ... Deine blauen Augen,
>   So wunderbar sie scheinen,
>   Bergen doch in ihrer Tiefe
>   Den grauen Schatten einer Lüge,
>   ... Daß sie schliefe!
>   ... Wecke sie nicht!!
>
>   Wollte doch Gott,
>   Daß nach den trüben Tagen
>   Ein lichtes Morgenrot mir fern erschiene.
>   Ein froher Vogel mir ein Glück verkünde!
>   Ein helles Ziel dem dunklen Blick erstünde!
>   Und einen Gott ich fänd', daß ich ihm diene,
>   Wie gern wollt' ich ihm dann auch »danke« sagen!

Die letzte Strophe fand Fritz gesucht naiv. Ich fand sie entzückend. Gerade die. Ganz Jacobus Sieveking. Sicher ist es nicht imitiert.

»Gestern schien es mir gut«, murmelte er kläglich. »Heute bin ich traurig. Habe nachmittags Niels Lyhne gelesen. Was sollen wir da eigentlich noch?«

»Ich kenne Niels Lyhne nicht. Aber darauf kommt es auch nicht an. Ist es nicht eine Stimmung von Ihnen? Also, was geht es Sie an, ob Niels Lyhne solche Stimmungen auch und vielleicht noch schöner ausdrückt? Das geht Sie ja gar nichts an. Dies hier ist Ihr Eigentum.«

»Ja – wenn ich nur wüßte, ob ich's nicht etwa auch nur nachempfunden habe.«

»I, zum Kuckuck, das müssen Sie doch wissen!«

»Ach, gnädige Frau, seien Sie erst ein halbes Jahr in Berlin – ich sage Ihnen, da werden Sie auch nicht mehr wissen, was Ihr Eigentum ist. Übrigens – wissen Sie es denn jetzt?«

»Ich weiß, daß ich keinen Gott zu suchen brauche, daß ich ihn habe«, antwortete ich ernsthaft.

Jacobus reizte mich mit seinem Zerfasern und Zerzweifeln von jedem Gefühl! Der helle Tag macht unsere Seele doch sterbensmüde. Wenn sie nicht dunkle Gewässer fände, um niederzutauchen in Abgründe und Geheimnisse! ...

Fritz forderte Jacobus Sieveking auf, nächsten Sonntag wiederzukommen.

* *
*

Ich regte mich nachträglich noch über die wunderbare Fügung auf, daß ich in Berlin unter den Tausenden von Menschen gerade mit einem Sohn vom alten Sieveking zusammentreffen mußte. Fritz meinte, er fände das nicht wunderbar. Unter einer solchen Menge seien immer Leute, zu denen man in irgend einer Beziehung stehe. Wenn man solche Zufälligkeiten jedesmal »Fügung« nennen wolle, hätte man viel zu tun.

»Mir fällt es nur auf, weil es schon das zweite Mal ist, daß das, was Du »Zufall« nennst, eine Bedeutung für mich bekommt«, sagte ich. »War's auch nur ein Zufall, daß ich an dem einen Morgen auf die Jungfernklippe stieg?«

»Das willst Du doch wohl nicht vergleichen?« fragte Fritz ganz beleidigt.

»Gewiß nicht«, beteuerte ich lachend und küßte ihn. »Du bist die Sonne, die an meinem Himmel aufgegangen ist, und Jacobus Sieveking ist ein Lämmerwölkchen, das daran vorübersegelt. Bist Du nun zufrieden?«

Er war zufrieden.

Es berührte mich nur wieder so sonderbar, wie aus einem Dunkel plötzlich unbekannte Menschen hervortreten und eine Rolle in unserem Leben zu spielen beginnen, ja zuweilen unser ganzes Dasein umgestalten, indem sie plötzlich unsern Willen, unsere Wünsche verändern. Aus diesen Empfindungen heraus sagte ich zu Fritz: »Wenn ich Dir nur schildern könnte, welche Angst es mir zuweilen einflößt, daß wir selbst so wenig sind in unserem Schicksal.«

Fritz sah mich nachsinnend an. Ich meinte, er wollte auf meinen Gedanken eingehen, aber er sagte: »Weißt Du, Ellen, es macht mich traurig, wenn ich Dich so reden höre. Dergleichen Grübeleien werden bei Frauen leicht krankhaft und führen zu einem melancholischen, zerfahrenen Wesen. Du solltest sie bekämpfen und nicht in allem mehr sehen, als darin liegt. Das Leben ist einfach, wenn wir's einfach nehmen. Und das allein ist das Vernünftige.«

Ich schwieg – war ein wenig enttäuscht.

* *
*

Heute nachmittags bei der Randell. Minette, das gute Würmchen, hatte Blitzkuchen geschickt, davon trug ich ihr hin. Natürlich hatte ich zuerst über den Blitzkuchen geheult. War in einer tränenzerflossenen, halb glücklichen Stimmung – nämlich: wenn man heulen kann, ist Heimweh gar nichts Unangenehmes.

Ich erzählte Frau Randell von unserm lieben alten Haus im Walde, wie Papa sich bei Gelegenheit einer Jagd in das baufällige Gemäuer verliebt und der Graf es ihm dann verkauft habe, nur so aus Liebe und Verehrung für Papa, der es dann herrichten ließ. Und wie wir seit Mamas Tode dort gelebt haben, in der grünen Einsamkeit – und von meiner schönen Jugend – und von Thessi Leber aus Ilsenburg – wie wir Mädels da in den Wäldern herumgestreift sind, besonders im Frühling und Herbst, wenn die »Fremden« uns die Natur nicht mehr entweihen – wie wir uns verirrt haben und manches Mal erst morgens wieder heimgekehrt sind. Und von unseren Liedern und unseren Freundschaften mit den alten Holzweiblein, und wie die Muhme Mählingen zu Thessi sagte, als sie sie vor der Kirchentür traf: »Sehen Se, mei' gnädiges Lämmechen – immer muß ich Sie in de liebe Kerche, weil ich Ihnen doch och so 'ne Jötterfreundin bin, wie unse Freilen Ellen.«

Ich fürchtete schon, Frau Randell bekäme wieder einen Anfall, so lachte sie. Wie maßlos sie ist. Wenn ich das sage, der alle Menschen fort und fort Maßlosigkeit vorwerfen! Auch in der Schwärmerei für mich und in Zärtlichkeiten, wo ich's nun gar nicht bin. So »Küsserei« habe ich auch Thessi gründlich abgewöhnt. Hier muß ich ja schweigend dulden, weil die Frau krank ist, aber es ist mir ein bißchen widerlich.

Sie hat mir dann noch viel aus ihrem Leben erzählt, von all den Anstalten und Kliniken, in denen sie schon war, und von den Ärzten Geschichten ... Ich saß und hörte und wurde kalt vor Entsetzen. Ich schämte mich für die Frau, daß sie das alles durchgemacht hat, ich mochte sie gar nicht mehr ansehen.

Nachher konnte ich wieder nicht zu Abend essen. Als Fritz fragte, was ich hätte, brach die Empörung bei mir aus, obschon ich anfangs nichts hatte sagen wollen.

»Ach, von dem, was die Randell Dir erzählt, brauchst Du auch nur die Hälfte zu glauben«, sagte er ärgerlich.

»Sie hat mir gesagt, Du wärest der einzige Gentleman, der ihr bis jetzt unter den Ärzten vorgekommen wäre.«

»Das wollt' ich mir ausgebeten haben! Sonst würde ich sie heut noch hinauswerfen. Ich will ihr einmal ordentlich grob kommen, sie soll Dich in Ruhe lassen mit ihrem Geschwätz.«

»Ach, Fritz, sie leidet furchtbar unter ihren Erfahrungen. So etwas genügt ja, um einer Frau für zeitlebens die Nerven zu ruinieren. Und dann wollt Ihr mit Messern und Arzneien kranke Seelen heilen!«

»Fällt ihr nicht ein, an der Seele zu leiden. Ich sage Dir, sie bildet sich das meiste von ihren Erfahrungen einfach ein.«

»Fritz, das ist doch unmöglich.«

»Liebes Kind, es giebt mehr Dinge zwischen Himmel und Erde, als Deine Jugend sich träumen läßt. Denk nicht mehr dran, Ellen. Versprich mir, nicht mehr daran zu denken.«

... Ich versprach's. Gab mir auch Mühe, Aber die Frau läßt mir keine Ruh.

Warum mußte sie mir das alles erzählen. Ich meine, solche Dinge müßte man in der Erinnerung auszulöschen trachten, wenn man sie denn wirklich erleben mußte. Und sie wurde so eifrig, bekam heiße Backen und glänzende Augen, sah plötzlich ganz wohl und munter aus und wunderhübsch in ihrem rosa Batistnegligé mit den vielen Spitzen und Schleifen. Wüßt' ich, daß die Ärzte solche Kerls wären, würde ich mich nicht auch noch so für sie herausputzen.

Ist das nun mitleidslos gedacht? Steckt Fritz mich schon an mit seiner kühlen, gleichgültigen Menschenverachtung?

* *
*

Heute früh wurde Fritz schon um drei Uhr aus dem Bette geholt. Wir hatten beide nicht viel geschlafen, denn es war dumpf und heiß im Zimmer. Ich mochte mich nicht wieder niederlegen, setzte mich auf den

Balkon und sah den Tag kommen. Die Straße lag einsam, wie ich sie noch nie gesehen, im Schatten der hohen Häuser. Das Morgenlicht war gleichsam bedrückt von der Hitze des vorigen Tages und kroch müde von den Dächern hinab, aber als es das Pflaster erreicht hatte, war es schon ein weißer, fahler Sonnenschein geworden. Der Himmel ohne Glanz und Klarheit, wie mit einem staubigen, heißen Dunst bedeckt. Hinter den unzähligen Fenstern die Hunderte von Menschen, die sich schweißbedeckt in ihren Kissen wälzen und von ihren ruhelosen Gedanken gepeinigt werden ... Es war unheimlich, Berlin so vor Tage zu überraschen. Auch das unbestimmt ferne Rollen, Rasseln und Brausen, das man sonst immer hört, selbst wenn die nächste Umgebung einmal ruhig ist, war verstummt.

Ich träumte und geriet in einen Zustand von halbem Schlaf und halbem Wachen. Plötzlich hörte ich einen Wagen die Straße herunter kommen. Eine geschlossene Droschke, sie ratterte langsam und schwerfällig vorüber. Was hatte sie um diese Zeit durch die Straßen zu fahren? Wer mochte darinnen sitzen? Sie regte mich auf, diese geschlossene Droschke. Ich meinte, wie sie dahergetrottet kam mit dem halbschlafenden Kutscher, sie müsse vor unserem Hause halten, und irgend wer, irgend was müsse aussteigen. Man wartet ja immer auf dieses unerhörte Etwas ... Jeder Brief könnte es bringen – ach und gar ein Telegramm! Ich habe bemerkt, daß dieses unaufhörliche Warten noch in der Seele der ältesten Menschen lauert und giert. Man braucht nur einmal zu beobachten, wie sie ein Briefcouvert aufreißen ...

Das ist mir das Wunderlichste an der Ehe: Das Warten soll nun vorüber sein. Was will man denn noch? Man hat ja das Glück an allen vier Zipfeln. Man ist befriedigt ... Ja also?

O Gott, mein Gott, wie meine Seele trotzdem Tag und Nacht in die Zukunft hinaus horcht.

Aber in dem Wagen konnte es wohl nicht sitzen. Und wie er langsam weiterfuhr und um die Ecke bog, daß ich ihn nicht mehr sah, nur sein Rollen hörte, immer ferner, immer ferner in der dumpfen, bedrückten Morgenstille, da wurde mir so sehnsüchtig und so bange, als hätte ich Unwiederbringliches verloren und hörte nun, wie es sich entfernte – weiter – weiter – immer weiter. Und stand hier, auf dem engen, kleinen Balkon, hoch oben in der Luft, und durfte mich nicht rühren, durfte ihm nicht nachstürzen, es festhalten, packen, ergründen – das Unbegreifliche! Ich hätte schreien können vor Angst, vor grenzenlosem Verlangen! Mein

Gesicht war von Tränen gebadet. Und ich weinte sie mit Genuß, als könne ich mich ganz darin auflösen, und dann wäre mir wohl.

Daheim lief ich in solchen Stimmungen in den Wald und sang und sang und raste mich aus und pflückte Blumen, große, große Sträuße – als könne ich alle Schönheit so an mich raffen ... Oder im Herbst und Winter war's ein Kampf gegen Regen, Sturm und Schnee. Das war göttlich! Man fühlte seine Kraft als etwas Freies, Herrliches. Hier liegt die eigene Lebenskraft wie ein Alp auf der Brust.

* *
*

Fritz sagt: »Geh' doch mehr spazieren. Warum bist Du nicht mit Paul und Bertha in den Grunewald gegangen? Du faules Geschöpf!«

Paul ist sein Bruder. Ein Kaufmann. Von der Schwägerin schrieb ich noch nichts. Sie fährt zweimal in der Woche nach der Markthalle auf dem Alexanderplatz. Ich fürchte, sie ist »perfekt«.

Nun – so ein Pflicht-Spaziergang ... Lieber würde ich mich einmal mit Jacobus Sieveking ausrennen. Doch auch dazu eigentlich keine Lust. Mir ist flau – schwer im Kopf – schwer in den Gliedern.

Da klingelt es. Wer das sein mag? Wieder das Warten! Schaf – du bist ja verheiratet. Und Fritz war's nicht – jetzt um fünf Uhr nachmittags.

... Sieveking kam.

Stimmungen versteht der qualvoll gut. Er schildert mir, wie er aus der einen in die andere kommt – die Übergänge, wenn mitten in der Trauer so eine kleine, schüchterne Hoffnung aufwacht, und wie er dann die Trauer und die Unlust in sich noch recht künstlich zu steigern sucht, weil er den Aberglauben hat, dadurch die kleine, schüchterne Hoffnung zu ermutigen. Denn, schaute er sie frech und gar erwartungsvoll mit den Seelenaugen an, würde sie sich ja gleich verkriechen.

»Sehen Sie, wären Sie zum Beispiel heute vergnügt gewesen, wo mir so elend war, würde ich Sie grob und flegelhaft behandeln.«

»Aber ich bin ja vergnügt.«

Er macht ein schlaues Gesicht. Er sieht alles. Seine Art zu beobachten ist unbequem.

Er trug heute ein dunkelseidenes Tuch hoch und fest um den Hals gewickelt. An den Wangen schauten ein Paar schüchterne Vatermörderchen hervor. Ganz Wertherisch. »Das ist gar nicht so bedeutungslos«, sagt er. »Ich wähle immer meine Krawatten nach meinen Stimmungen. Ach – gnädige Frau – wenn ich Sie anziehen dürfte!«

Wir dachten uns Gewänder aus. Helles, Leichtes sei nichts für mich, erklärte Herr Jacobus. Auch kein stilvoller Prunk von Brokat und Sammet. Weiche Wolle, dunkle schicksalsvolle Farben. Ein tiefes Grün oder Violett, der Stoff in langen Linien niederfallend, mit Kupfer und Braun gestickt, in unruhigen und nervösen Verschlingungen. Er will mir so etwas aufzeichnen, und ich soll es ausführen. »Etwas, das Ihr Wesen wiedergiebt.« … Ich lachte ihn aus.

»Sie glauben wohl nicht, daß es möglich ist, in Linien und Formen ein Menschenwesen auszudrücken? Ach, Sie Ärmste, wie weit sind Sie noch zurück.«

»Danke recht sehr!«

»War ich grob?«

»Höflich gerade nicht!«

»Ach, haben Sie es neulich übel genommen, daß ich Sie für alt hielt? Sie waren wie ein welkes Blatt in dem Augenblick, als Ihnen schlecht wurde. So zerfallen. Nachher sah ich ja gleich, daß Sie jung sind – kaum älter als ich. Sie haben so ein seltsames Gesicht. Es kann auch vor Ausdruck ganz alt aussehen. Wunderschön!«

Das verrückte Kerlchen! Ich amüsiere mich unglaublich gut mit ihm.

Darum fragte ich schließlich zaghaft, ob er eigentlich zu den Modernen gehöre – dann dürfe er nämlich nicht wiederkommen. Ich hätte meinem Vater das Wort gegeben, nicht mit ihnen zu verkehren.

»Wen meinen Sie mit den ›Modernen‹?«

»Na, ich denke Conradi, Conrad, Bleibtreu.«

Jacobus lächelte. »Nein, zu denen gehöre ich nicht. Conradi ist seit länger als zehn Jahren tot, Conrad lebt, glaube ich, in München – ich weiß von all diesen Herren so viel wie nichts. Ich lese ja wenig. Ich bin zu sehr mit mir selbst beschäftigt. Man muß doch zuerst über sich selbst ins Klare kommen, ehe man sich mit der Welt auseinandersetzen kann.«

»Ich hatte mir die Modernen auch anders vorgestellt. Aber sagen Sie nur – die anderen haben doch einmal so viel Lärm gemacht …«

»Ja, das weiß ich nicht. Damals ging ich noch in die Schule.«

»Und wenn man denkt, wie mein armer Papa sich immer noch über sie aufregt! … Und alles ist schon wie fortgewischt und fortgeweht!«

»Gnädige Frau, kennen Sie Stephan George? Sehen Sie – das ist neue Kunst. So lange Sie den nicht gelesen haben, kann ich überhaupt nicht mit Ihnen verkehren. Leider will er nichts von mir wissen. Er hat mir nicht auf meinen Brief geantwortet. Wahrscheinlich war der Brief zu überschwenglich. Ich werde Ihnen mein Exemplar von Stephan George bringen – wenn das nicht ein Beweis von Freundschaft ist.«

Ich nahm es gern an, bat ihn nur, es nicht zu vergessen, er scheine mir ein bißchen zerstreut.

»Ja sehr. Wäre es ein anderes Buch, so vergäße ich es sicher. Auch bitte ich Sie inständig, geben Sie mir nie Aufträge. Ich würde sie falsch oder schlecht ausführen, Sie würden böse auf mich sein – ich würde Sie für kleinlich halten, und so würden wir unfehlbar auseinanderkommen. Aber Stephan George ... An ihn denke ich ja immer! Es wäre furchtbar, wenn ich auch ihn eines Tages überwunden hätte ...«

»Was sagt nur Ihr Vater zu Ihnen?«

»Ich bin eben der verlorene Sohn.«

* *
*

Ich will die neue Kunst sehen, fühlen. Jacobus kann mich führen. Er ist auch ein Suchender. Da suchen wir miteinander.

Fritz weiß schon davon, weiß »das Notwendige« und hat nur zum Notwendigen Zeit. Paul und seine Frau leben in Berlin und wissen nichts – das heißt, sie wissen genug, um Material für schlechte Witze zu haben.

Ich stehe wie vor der Lösung von Geheimnissen. Mir graut und ich sehne mich.

Man muß zuerst über sich selbst ins Klare kommen, ehe man sich mit der Welt auseinandersetzt ...

Und ich glaubte, mit mir im Klaren zu sein.

Aber die Welt wartet nicht. Sie drängt sich einem auf, verwirrend, beklemmend.

* *
*

Frau Randell beginnt eine lächerliche Tyrannei über mich auszuüben. Lasse ich einen Tag vorüber gehen, ohne sie zu sehen, gleich kommen Briefe und Zettelchen, die mich in den überschwenglichsten Worten anflehen, sie nicht zu verlassen, ich sei ihr einziger Trost. Und doch gehe ich mit Widerstreben, beinahe mit Widerwillen zu ihr.

Die unglückliche Person glaubt, ihr Mann habe die Absicht, sich von ihr scheiden zu lassen und die Frau von Mayern zu heiraten. Ob sie sich das auch nur einbildet? Ein paarmal hat sie mich schon gequält, ich soll in allerlei Aufträgen von ihr zu ihrem Manne oder zu den Kindern gehen, und soll erforschen, wie oft die Mayern kommt u.s.w. Zu Spionierdiensten bin ich mir zu gut. Ich habe es ihr abgeschlagen. Darauf war sie mir einige Tage ernstlich böse, aber schließlich bat sie mich um Verzeihung und flehte mich an, nur wieder zu kommen.

Die Geschichte hat etwas von dem Reiz eines verbotenen Buches. Wenn Fritz wüßte, wie meine Gedanken nicht davon loskönnen. Ich möchte den Direktor Randell einmal sehen, wissen, welche Art von Mann es ist. Wie verkehrt sie nur mit ihrem Manne, dieses Mißtrauen in der Seele? Und seit Jahren schon.

Lieber, lieber Fritz – ich bitte dir in Gedanken alle meine Ungezogenheiten ab! Solch ein Verdacht gegen dich wäre unmöglich. Selbst wenn ich krank und elend von Klinik zu Klinik geschleift würde ... Du morgenheller, fester, sicherer, pflichtgetreuer Mensch!

Nein – nicht Glück ist das Wesentliche in einer Ehe ... die große Sicherheit – das ist es, worauf es ankommt!

Das Bewußtsein des einen zum andern: es ist unmöglich, daß er dir treulos ist, auch nur mit einem Blick, einem Gedanken, einer Regung seines Gefühls. Es ist einfach ausgeschlossen. Das ist Ehe. Unlösliche Gemeinschaft. Heilige ... Ehe ist Ruhe. Und um der Ehe würdig zu sein, muß man Ruhe ertragen können. Wie man auch in einem Tempel nicht mit Getöse und Geräusch umeinander fahren darf. Wie Priester in feierlichem Frieden ihres Amtes walten.

Herr, mache mein Herz ruhig, daß es einer heiligen Ehe würdig werde!

* *
*

In mir ist Jauchzen und bunte, tolle Seligkeit! Meine Seele singt schmetternde Jubelfanfaren! Und ich lebte – lebte so dahin und wußte nicht, daß es diese Schönheit auf Erden gab – diesen Zauber – diesen Zauberer ...

Gestalten, die Gefühle geworden sind und trunken von eigener Empfindung durch einen Frühling von Farben wandeln!

Hans Uglandy! Himmlischer Vater, behüte den Mann, sende tausend Engel aus, damit sein Fuß an keinen Stein stoße.

Ich bin ja verrückt. Ich möchte mich neigen vor ihm und meine Kleider auf seinen Weg breiten.

Hans Uglandy ... Und die ganze Welt hallt nicht wider von deinem Namen?

Ich verstehe die Welt nicht.

... Alles, was mir Gutes geschah, kam von je wie ein Gewitter über mich.

Ich sagte zu Sieveking: »Mein Mann wünscht, wir sollen mit der Stadtbahn bis Station Grunewald fahren und dann spazieren gehen. Gesundheitshalber.«

Sieveking antwortete: »Frau Erdmannsdörfer, Sie wissen, daß ich Sie liebe und alles für Sie tun werde – aber Sie stellen ein schreckliches Verlangen an mich. Unter den Kiefern zittert die Luft jetzt vor Hitze, und der Boden ist bedeckt mit Papier und zerbrochenen Flaschen. Ich wollte heute nachmittags die Bilder von Uglandy sehen. Bei denen ist es kühl, und die Säle sind leer, und es sind bequeme Fauteuils da, wo man sitzen kann und träumen. Das habe ich sehr gern.«

»Dann will ich auch die Bilder von Uglandy sehen. Ist er ein berühmter Maler?«

»Man redet viel von ihm, und lacht über ihn, und weiß nicht, was man von ihm denken soll.«

Und dann kam das Wunderbare.

Sieveking wollte beginnen, zu kritisieren, zu tadeln – was weiß ich. Ich habe ihn bei der Schulter gepackt und geschüttelt und ihn angeschrien: »Wenn Sie sich unterstehen, ein Wort zu sagen, dann sind wir geschiedene Leute, dann rede ich in meinem ganzen Leben nicht wieder mit Ihnen! Verstehen Sie mich?«

Er verstand – ging fort, ließ mich allein.

Nach einer langen Weile kam er ganz sanft und demütig und sagte: »Haben Sie schon das kleine Bild da in dem Nebenzimmer gesehen? Es ist nur eine Skizze von einem Mädchen. Das finde ich fast das Schönste. Ich ging mit ihm. Und fand es auch fast das Schönste. Und gab ihm die Hand, und wir waren gute Freunde Und haben lange davor gesessen. Er sah wohl, daß ich nichts sagen konnte, daß ich immerfort innerlich weinte vor Glück.

Da draußen in der Welt giebt es einen fremden Mann, der mich so versteht – so viel tiefer als ich mich je verstanden habe.

Alle Sehnsucht, alles Jauchzen, alle Jugend! Und Überschwang und Andacht ...

– – Hans Uglandy – –

* *
*

Heut Morgen, Fritz wurde wieder sehr früh geholt, bin ich herumgelaufen von einem Gärtner zum anderen, habe Blumen gekauft und einen Strauß gebunden – wie man es setzt kann, wo das Jahr toll ist in Blüten und Farben. Einen Strauß, der seiner würdig war: Brennender Riesenmohn und dunkelviolette Iris und wahnsinnige Tulpen mit zerfransten Blättern und Zweige von Blutbuchen und eine Wildnis von Jelängerjelieber.

Ein ungeheuerlicher Strauß ... Und die Adresse seines Ateliers gefunden.

Als ich den Strauß in der Hand hatte, fiel mir plötzlich ein, er könne am Ende gar nicht in Berlin wohnen.

Aber doch.

Und hin zu ihm.

Mein Herz flatterte wie eine Schwalbe, die sich verfangen hat.

Hinauf, hinauf, die vielen Treppen. Und die Angst, er könnte mir begegnen. Und das heimliche Verlangen, ihn zu sehen!

Auf dem letzten Treppenabsatz still gestanden, mich zu beruhigen, und nun leise auf den Zehen den Gang hinab, wo viele Ateliers waren, bis zu ihm. Seine Karte an der Tür gelesen. Ihn gehört – Pfeifen, hin und her gehen ... Ganz vergnügt pfeifen ... Eine blödsinnige Berliner Straßenmelodie. Und die Türklinke geküßt und die Blumen auf die Schwelle, wo sie lagen wie ein buntes Märchen.

Und fort – in rasender Eile. Es hat mich niemand gesehen.

Jetzt bin ich stiller. Und nun muß ich es noch Fritz sagen. Das wird mir schwer, weil er es wieder so unsinnig finden wird. Und zu dem, was ich fühle, ist es doch so wenig, viel zu wenig.

* *
*

Endlich ist das Gewitter heraufgezogen, das langersehnte.

Schon drei Abende stand es finster, aus gezackten Wolkenbergen drohend, am Horizont. Heut kroch es schon vom frühen Morgen an, eine formlose graue Masse, trübe und langsam empor. Und aus der großen

Stadt starrten die Menschen nach dem Himmel und wischten den Schweiß von den Stirnen und preßten die feuchten, staubigen Hände gegeneinander und warteten.

Ich stand auf dem Balkon und sah mit einer inbrünstigen Lust, wie die ersten Windstöße durch die Straßen sausten. Türen, Fenster und Läden schlugen klirrend und klappernd, und alles kämpfte gegen einen tollen Staubsturm; glühender Samum verfinsterte die Luft. Wie alles hilflos durch- und umeinander gewirbelt wurde, wie Eleganz und Ehrbarkeit dabei zum Teufel flogen und die Menschen sich gleich zu schonungslosen Bestien wandelten: Droschkenkutscher hieben auf ihre armen Gäule, alte Dämchen, die mit Schirmen und Röcken kämpften, wurden achtlos beiseite gestoßen, umgerannt, daß sie stürzten, Kindermädchen rasten in wildestem Lauf mit ihren heulenden Kleinen über Stock und Stein.

Gerade als ein feuchter, kühler Windzug durch den Staub und das Getöse wehte und der erste Donner krachte, hielt ein Wagen vor unserem Hause.

Und in langsamer Würde arbeitete sich eine hagere Gestalt in einem langen Lodenmantel heraus, mit einer so verrückten Schirmmütze, wie kein Mensch sie trägt – nur einer! Nur einer!

Und Papa! Papa!? schreie ich von oben herunter, und er winkt und hilft mit seiner lieben, feinen Ritterlichkeit einer Dame aus dem Wagen.

Und ich sause die Treppe hinunter ... Und es dröhnt und blitzt und rasselt und prasselt mit Hagelkörnern und Regenschauern, und ich liege in seinen Armen! ... Und unter Jubel und Jauchzen und Wundern mit ihm und Thessi die Treppen hinauf, und des Glückes und Fragens kein Ende. Bis Thessi-Röschen, die gute Hausfrauliche, entsetzt ruft: »Aber Kinder, der Parkettboden und Euer neuer Teppich.«

Das Wasser strömte zu den offenen Fenstern herein!

Und ein Rennen und Stürzen mit Scheuerlappen und Eimern, und ich mußte unbändig lachen, weil Papa so köstlich unbekümmert dastand und die Perfekte mich vor der Tür mit Drohungen überhäufte, von wegen des unangemeldeten Besuches.

Ach, war es ein himmlischer Wirrwarr!

Mitten drin kam Fritz nach Hause. Die Begrüßung der beiden Männer – darauf bin ich stolz! Papa legte meinem Manne beide Hände auf die Schultern, sah ihm in die Augen, und Fritz erwiderte den Blick so ernsthaft freudig.

»Mußte mir mein Kind einmal anschauen! Sonst hätten mich keine zehn Eisenbahnzüge in dieses geschmacksverlassene Nest gekriegt!«

Papa besah sich mit äußerster Verachtung das Sofa in meinem Boudoir. »Ja, darauf kann freilich wieder kein vernünftiger Mensch schlafen ...«

Ach, ich wußte wohl, warum ich so unsinnig nach einem Logierzimmer verlangte und Fritz so damit gequält habe.

Papa ließ sich nicht halten. Wollte durchaus ins Hotel. Aber Thes und ich haben geschwatzt bis lange nach Mitternacht. Sie endlich im Bett und ich auf dem Bettrand, konnte nicht los von den lieben, dummen Geschichten daheim.

Ganz erschöpft und zerlacht kam ich zu Fritz, der aus dem Schlaf auffuhr und sein Haupt schüttelte und sagte:

»Ich wußte nicht, daß ich solchen Kindskopf zur Frau hätte – Ihr waret ja wie zwei Schulmädel ... Soll das in der Weise so fortgehen, so lange Fräulein Therese Leber hier ist?«

Ich fiel ihm um den Hals und küßte ihn, bis er ganz außer Atem war. So freute ich mich, die beiden lieben Seelen hier zu haben.

* * *

Papa mag Uglandys Bilder nicht. Ich hatte ihn triumphierend gleich heute morgens hingeschleppt. Ich laufe ja täglich in die Ausstellung. Der Herr an der Kasse nickt mir schon ganz vertraulich zu. Und ich freute mich so darauf, sie mit Papa zu sehen.

Er findet sie gesucht! Unmögliche Farben; verzeichnete Figuren. Ach Gott wie traurig. Ja, sieht er denn den Frühling nicht in dem hellen Grün – in dem singenden Rosenrot? Wie da ein Mädchen steht und auf eine Blume niederblickt, friedevoll, gelassen ... Ich weiß nicht, wie ich's sagen soll, aber ich fühle es: sie und die Blume sind eins. Sie ist nur ein Stück Natur wie die Blume auch. Alles andere liegt fern. Darum dürfen auch die Farben der Landschaft dem nüchternen Verstande übertrieben scheinen. Es ist wie eine Mysterienfeier. Die Uneingeweihten haben nichts dabei zu suchen. Es war Sünde, einen Dritten einzuführen.

Ich wußte doch, daß mir jedes Wort über ihn weh tun würde.

Zwischen ihm und mir ist ein Geheimnis. Der dieses Mädchen mit der Blume schuf und die Wiese und das lichte, blühende Frühlingsgrün um sie her – der weiß, was in meiner Seele war in jener Nacht, die ich allein im Walde zugebracht habe. Todesallein in Grauen und Entzücken.

Als ich meine Kleider ablegte und im Mondschein mich im Teich badete – mich der Nacht und dem Walde zu vermählen, und das blaue Licht um meine Glieder floß – als ich in dem sommerwarmen Moose lag und zu den hohen Tannenwipfeln hinaufschaute, wie sie schwankten und wogten – und meine stumme verzauberte Seligkeit ... und wie ich meine Brüste in das Moos drückte und weinte vor Glück, und die kühlen Wedel ihren Tau über mich rieselten, und wie ich langsam dahinschritt, nackt und weiß – kein Mensch mehr – ein Geschöpf des Waldes, zwischen den hohen Stämmen, die wie Säulen zum Himmel ragten ...

... Und nun bin ich Frau Dr. Erdmannsdörfer in Berlin.

* * *

Warum tat ich's nur?

Ich wollte ein Menschenlos. Ein Menschenlos in Lust und Leid. Alle Freuden, die unendlichen, alle Schmerzen, die unendlichen, ganz ... Haben das nicht alle Nixen und Melusinen, alle Märchenjungfern von Ewigkeit her gewollt?

* * *

Ich habe geglaubt, Fritz liebe die Natur. Das war nun ein Irrtum. Er schätzt sie aus Hygiene. Er ist nicht Natur. Er hat nicht das Gefühl zu einer Baumwurzel wie zu einer Mutter und das Gefühl zu kleinen, gelben, runden Butterblümchen wie zu kleinen Kindern.

... Sie haben mich zu Hause jahrelang geneckt, weil ich einmal verraten habe, ich möchte am liebsten ein braunes, zottiges Waldtier heiraten, das in einer Höhle haust, so etwas zwischen Gnom und Ungeheuer. Es ist doch wahr. Ich träume noch zuweilen von meinem zottigen Tier, und aus wunderlichem Schlaf aufwachend, habe ich Sehnsucht.

... Es ist wohl nur die Sehnsucht nach dem Duft des Waldes, nach dem fruchtbaren, feuchten, geheimnisvollen Erdgeruch ...

Bin ich Fritz damit treulos?

Wer kann für seine Träume, wenn das Bewußtsein schläft.

Oder schläft es nicht ganz?

»Kind, behellige mich doch nur nicht mit den Ausgeburten Deiner Phantasie«, würde er antworten. »Dazu habe ich keine Zeit. Sorg' lieber dafür, daß die Perfekte morgen einmal das Essen zur rechten Zeit auf den Tisch bringt.«

Wie sagt Shakespeares Narr: »Ich habe in einer bescheidenen Laune gefreit!«

* *
*

Sonderbar, wie tief es mich gekränkt hat, als Röschen am ersten Abend in unserer Wohnung herumging und mit ihren runden, rosenroten Fingerchen alles betupfte, immer wieder kichernd:

»Ellen, wie gut, daß Du nicht auf den Gnom gewartet hast.«

In ihr niedliches Gesicht hätte ich sie schlagen können.

* *
*

»Doch mehr Röschen als Thes«, meint Jacobus Sieveking und fragt mich, wie es kommt, daß sie gerade meine Freundin ist.

»Es gab keine Zeit, wo Therese nicht meine Freundin war. Ich kann ihr alles sagen, was mir durch den Kopf geht, sie hört immer geduldig zu, auch wenn sie mich einmal nicht versteht.«

»Einmal?« fragt Jacobus. Da kommt es mir zum Bewußtsein, daß ich von den Menschen immer wenig verlangt habe. Aber zuweilen wurde ich irre an meinem eigenen Größenwahn. Dann war es mir so eine Beruhigung, daß ich Röschen Lebers Freundin war: ein richtiges junges Mädchen mit Freundinnen, wie andere auch.

Jacobus behauptet, daß ich meine Herrschergelüste an ihr befriedigen könne, sei die Hauptsache. Aus Herrschen und Dulden bestehe jede Freundschaft. Ich bin empört.

Ob er recht hat?

Ich kann sie nicht mehr leiden, sobald ich merke, daß der Einfluß ihrer Mutter bei ihr stärker wird, als der meine. Und jetzt hat die gute Tante Leber recht Oberwasser bekommen. Röschen fährt bei jedem derben Wort oder Witz erschrocken zusammen. Ihr sanftes: »Aber Ellen«, bringt mich in Raserei.

Wie konnte nur Papa Tante Leber als Busenfreundin – nein, sagen wir lieber als Hausfreundin – jahrelang ertragen?

Daß ich mich das nie früher gefragt habe.

Die große Welt hat Papa aufgegeben. Den Hof und die Gesellschaft, in der er so lange der angebetete Liebling war – ich weiß ja noch, wie die Prinzessinnen und Gräfinnen zu uns kamen, mir Bonbons schenkten, mich hätschelten, nur um in Papas Nähe zu sein ... Alles hat er gelassen – aus Dégout, aus Philosophie – was weiß ich? Hat's eben aufgegeben, die Brücken hinter sich abgebrochen, sich in die Einsamkeit verborgen.

Aber als da plötzlich Tante Leber auftauchte, sich in Ilsenburg ankaufte, Tante Leber, die Apothekerswitwe aus Quedlinburg, mit ihrer halb rührenden, halb lächerlichen Schwärmerei für Papa und seine Bücher, da hat er geduldig ertragen, daß sie tagaus tagein zu uns ins Waldhaus kam. Und zuletzt ist sie ihm trotz seiner Empfindlichkeit gegen alles Kleine beinahe unentbehrlich geworden. Hat er, der den vollen Becher großartig verschmähte, doch zuletzt dies eine kümmerliche Tröpfchen Bewunderung nicht missen können?

Danach möchte ich ihn wohl ausforschen. Aber was uns wirklich an den Menschen interessiert, das verraten sie uns doch nie.

* * *

Die Tage sind bis zum Rande gefüllt mit guten und schönen Dingen. Mein Herz hat eine Zärtlichkeit für Papa, wie niemals in meiner Mädchenzeit. Da fürchtete ich mich oft vor ihm. Gehen wir jetzt miteinander aus, behandelt er mich wie eine fremde, hohe Dame, die seinem Schutze anvertraut wurde. Das ist uns beiden ein feines Spiel.

* * *

Gestern habe ich einen Aufschluß erhalten, der mir zu denken giebt. Wir besuchten Frau von Stolpe, Papas alte Freundin. Sie bewohnt ein kleines Rokokoschlößchen, das einem preußischen Prinzen gehört hat und, ich weiß nicht auf welchen Umwegen, in ihren Besitz gelangt ist. An der Havel liegt es, zwischen Feldern und Wiesen, in die der Park sich verliert.

Nach dem plebejischen Gedränge auf den Vorortzügen war es entzückend, mit Papa durch die reifenden Kornfelder zu wandern.

Hinter uns lag Berlin in großen Wolken von Staubdunst. Um uns her schrillten die Grillen, und es war ein reifer Sommergeruch in der heißen, stillen Luft.

Ich liebe es, mit der Hand an den warmen Ährenstengeln vorüberzustreifen. Wie geheimnisvoll es in so einem hohen Kornfeld ist. Als kleines Mädchen habe ich mich einmal hinein verkrochen und mich dann schrecklich gefürchtet, weil ich keinen Ausweg fand. Glücklicherweise hörte man mein Angstgebrüll und rettete mich.

Wie es wohl den kleinen Tieren vorkommt, die da ihr Wesen treiben – so ein hohes, weites, wogendes Roggenfeld? Und ob sie auch diese plötzlichen, beklemmenden Schauder der Einsamkeit kennen? Oder ob die Natur ihnen wirklich Heimat ist, also etwas Selbstverständliches. Nicht wie die Menschen, die immer erst in sehnsüchtiger Liebe zu ihr zurückkehren, als kämen sie aus Amerika in ihr Heimatsdorf.

Ach, daß wir das alles nicht wissen und nie wissen werden ...

* *
*

Frau von Stolpes Nichte empfing uns und bat, einen Augenblick zu warten, da ihre Tante am Morgen leidend gewesen sei. Aber sie freue sich doch so sehr, daß es ihr jetzt wieder möglich sei, ihren alten, lieben Freund zu empfangen.

Wir wurden dann in ihr Zimmer geführt, wo sie, zwischen Kissen und Decken auf ihrem Sofa sitzend, uns die Hände entgegenstreckte. Sie ist nahe den Achtzigern. Man sieht noch, daß sie schön war, ihre blauen großen Augen sind wie mit einem Schleier bedeckt, und wenn sie spricht, ist es, als ob leise durch den Nebel die blaue Meerflut leuchte.

Papa hat mir oft von ihr erzählt. Beide sprachen von Rom, wo sie einige Winter zusammen verlebt haben. Obgleich sie nicht gerade etwas Hervorragendes oder Merkwürdiges sagte, war immer der Klang und Ton bedeutend, so daß man unwillkürlich aufhorchte und meinte, man hätte sich den Sinn entschlüpfen lassen.

Sehr vornehm angezogen – unbestimmte Dinge von weichem, schwarzem Atlas, welche die alternde Figur verbergen, lose Spitzen auf den grauen, losen Löckchen. Und Hände, über die man sich unwillkürlich zum Kusse neigt.

Ringsumher in den Räumen alte Kommoden mit Messingbeschlägen und geschnitzte schwere Eichenschränke und etwas Empire. Viel Bilder, Pastelle, Oelgemälde, meist Familienporträts, Erinnerungen an Italien. Die Kissen und Decken und Stickereien sanft in den Farben, abgetönt von der Zeit. Und der Duft, der all den feinen, alten Dingen entströmt, der Duft nach vergessenen Parfüms und welken Rosen und nach schönen Früchten, die auf hohen Krystallschalen irgendwo stehen ... diese beiden Frauen gehörten in ihre Räume. Gehöre ich in meine Zimmer? Wo gehöre ich überhaupt hin?

Auch die Nichte wirkt gleich einer verblaßten Stickerei, oder wie schlaffe, edle Spitzen. Und so sehr »Fräulein« – »gnädiges Fräulein!«

Sie war heiter und liebevoll zu ihrer Tante, freundlich gegen uns und doch wie in unsichtbare Schleier gehüllt, getrennt von uns allen, ein heimliches Vergangenheitsleben führend.

Ein junger Diener, dem man noch den in Livree gesteckten Bauernburschen ansah, brachte Weißwein, Selterwasser und Erdbeeren.

Mit dem späteren Zuge kam noch ein Hofprediger aus Berlin. Wir blieben zum Essen.

Das Gespräch geriet nunmehr auf die Gegenwart. Vorher hatte ich bei all den ausgetauschten Erinnerungen den Eindruck, als würden Schubladen aufgezogen und aus ihnen seltene Kostbarkeiten mit scheuen, ehrfürchtigen Händen herausgehoben und im Kreise herumgegeben. Es kam mir zum Bewußtsein, daß mein Vater auch schon ein alter Mann ist – nicht eine, sondern zwei Generationen älter als ich. Er war bald fünfzig Jahre, als er heiratete.

Der Hofprediger erzählte viel von dem Kampf der Kirche gegen die wachsende Gottlosigkeit. Es war spannend, wie er dies mächtige Streben schilderte, verlorenen Boden wieder zu gewinnen.

Als ich von allen den Versammlungen, Betstunden, Jünglingsvereinen, Zeitschriften hörte, überfiel mich fast eine Bestürzung, daß der Glaube sich so tätig, so praktisch äußern könne.

Ich habe mich immer zu den Frommen gezählt, aber es ist mir ziemlich gleichgültig gewesen, ob andere Leute auch glaubten oder nicht. Es war eine so persönliche Sache zwischen mir und Gott: Vielleicht mehr Träumen als Glauben. Und ein gewisser Stolz, daß wir es wagten, uns gegen den Geist der Zeit aufzulehnen, daß Papa ein konservativer Schriftsteller geblieben ist, gegen den ganzen gewaltigen Strom, der die Gegenwart mit sich fortreißt.

Die evangelische Kirche als streitbare Macht – ich weiß nicht ... es geht mir gegen den Geschmack. Sie sollte das dem Katholizismus überlassen, der versteht's, pomphafter, mit kostbaren alten Rüstungen und Devisen in den Kampf zu ziehen.

Auch ärgerte es mich, zu bemerken, daß die Schmeicheleien des Hofpredigers auf Papa nicht ohne Wirkung blieben. Er machte ihm Vorwürfe über sein zurückgezogenes Leben, es sei unverantwortlich, jetzt sein Pfund zu vergraben und grollend beiseite zu stehen, jetzt, wo es gelte: alle Mann klar zum Gefecht.

Ich sah es, wie Papas Züge straffer wurden und seine Augen Glanz bekamen. Aber als der Herr Hofprediger dann bestimmte Versprechungen forderte, ihm antrug, die Leitung einer neugegründeten Wochenschrift zu übernehmen, da wehrte er doch energisch ab.

Ich will mich genau besinnen, was er sagte. Es ergriff mich so sehr.

»In den Zeiten, wo der Liberalismus oder das Soziale die Welt beherrschen, was soll da solch ein alter Reaktionär! Ein alter Narr, der mit der Laterne herumläuft und selbständige Menschen sucht. Lieber Herr Hofprediger, wenn man das Auf und Ab und die Spiralen der Weltgeschichte siebzig Jahre mit angeschaut hat, dann verliert man die Hoffnung, daß es jemals durchgreifend besser werden wird.

Ohne Mut und Hoffnung soll man nicht kämpfen, da werden die Muskeln schlaff, und man wird von Tölpeln besiegt. Wenn man auf diese Weise der Sache, der man sein Leben widmete, einmal Schaden zugefügt hat, da läßt man die Hand vom Spiel ...«

Dieses Wort ist es, von dem meine Gedanken nicht los können. Vielleicht nicht aus freiem Willen ... Besiegt und deshalb in die Einsamkeit geflüchtet? Armer Papa.

Nun wird mir auch die Heftigkeit klar, die ihn so oft gegen Jacobus Sieveking befällt, denn an sich ist Jacobus doch wohl ein harmloses Produkt der Neuzeit. Aber er weckt verschüttete heiße Quellen.

Papa erzählte übrigens freundlich von Jacobus. Der Hofprediger kennt seinen Bruder Andreas, den Stadtmissionär, und schätzt ihn hoch.

Einer Ausstellung von biblischen Bildern des alten Sieveking wurde als eines Kunstereignisses gedacht. Ich sah sie auch mit Papa. Er meinte damals, Sieveking sei ihm in seinen früheren und ganz naiven Sachen lieber gewesen. Er mache jetzt Konzessionen. Ich hatte nur die Empfindung:

Lieber Gott – daß dir deine kirchliche Kunst nicht endlich mal langweilig wird und du mit einem Donnerwetter dreinfährst ... Als Fräulein von Stolpe den schönen, edlen Stil pries, fuhr es mir heraus:

»Doch einfach abgeschrieben, der edle Stil. Seit Jahrhunderten abgeschrieben. In der Schule ist Abschreiben verboten, und in der hohen Kunst soll es erlaubt sein?«

Es war einen Augenblick so still im Zimmer, daß ich über meine eigene Stimme erschrocken war.

Dann streichelte Frau von Stolpe beschwichtigend meine Hand, lächelte ein wenig und meinte sanft: »Den Segen und die Ehrwürdigkeit einer festen alten Tradition kann freilich solche Jugend noch nicht begreifen.«

Papa blickte mich an, der Hofprediger und das Fräulein gleichfalls. Ich erwartete jeden Augenblick, Papa würde mich preisgeben: meine Tochter ist ja eine Verehrerin von Uglandy. Aber er schonte mich, sprach nur im allgemeinen über den Eindruck, den er empfangen hatte.

Ich bekam das Gefühl einer aus erlesenem Kreise Ausgestoßenen. Ein halb schmerzliches, halb trotziges Revolutionsgefühl. Hätte ich aufspringen und dich verteidigen sollen, Uglandy? Es wäre so lächerlich gewesen.

* *
*

Wie es jetzt bei uns hergeht! Keine Mahlzeit innegehalten, alles drunter und drüber. Ein froher Wirrwarr den ganzen Tag. Papa schimpft unaufhörlich auf Berlin. Und reckt doch seine Fühlfäden nach allen Seiten, will alles hören, alles sehen. Natürlich nur Thes und mir zu Liebe ... Wir lassen ihn bei dem Glauben.

Gestern im Linden-Theater. Erst etwas Französisches, hüpfende, übermütige Musik und eine Sängerin – ein Persönchen! ... Ich wollte zum Schluß durchaus hinter die Coulissen, aber Fritz ließ es nicht zu. Dann Ballett.

Gruppen von Mädchen in rotem Flor, Gruppen in blauem Flor, in schwarzem Flor mit Gold. Thessi-Röschen, die das erste Mal in einem Theater war, packte mich krampfhaft am Arm und flüsterte mir zu: »Du, Ellen, das sind doch keine richtigen Menschen, nicht wahr? Das ist ja doch nicht möglich.«

Papa hatte es gehört und sagte lächelnd: »Nein, Röschen,

Keine Puppe, sondern nur
Eine schöne Kunstfigur.

Sie haben doch den Brentano gelesen? Abends legt der Theater-Direktor seine Figuren alle in einen Kasten, und ehe die Vorstellung beginnt, werden sie mit einem goldenen Schlüssel aufgezogen. Sie sind sehr teuer, diese Kunstfiguren.«

So neckte er die arme Thes, die nicht wußte, was sie für ein Gesicht machen sollte. Hinter uns lachten ein paar Herren.

Ein schwarzbärtiger, spitzbübisch aussehender blickte mich sehr komisch an, und ich mußte wieder lachen. Als wir hinausgingen, grüßte er. Ich dankte. Das hätte ich wohl nicht tun sollen, es war nur eine fast unmerkliche Kopfbewegung. Dann ging er uns nach zur Garderobe und war Fritz behilflich, die Sachen zu erlangen. Er sah witzig aus. Ich dachte, jetzt würde etwas geschehen, er würde sich Fritz vorstellen oder ihm den Mantel entreißen und mir umgeben. Aber er hob nur den Hut eine Wenigkeit und entfernte sich.

Wir hatten uns mit Dr. Richter verabredet, später im Kaiserhof zu essen. Die Herren sprachen eingehend über die Beine der Tänzerinnen – Papa als ein feiner Schönheitsschwärmer, der er ist, Fritz mit einer Sachkenntnis, die mich in Erstaunen versetzte.

Dr. Richter fragte, wie mir das »Sündenbabel« gefallen hätte.

»Ach ganz gut – es war mir nur nicht sündig genug«, antwortete ich und wurde ausgelacht.

Aber es ist so.

Ich hatte mir in dem entzückenden, üppigen Hause auch eine berauschende, üppige Lustbarkeit vorgestellt – so ein ganz tolles Durcheinander – ein nie erlebter Wirbel ... statt dessen: das Lächeln auf den Lippen der hübschen Tänzerinnen, das nur noch eine angefrorene Grimasse war! Und das Publikum? Als ich ein bißchen heftig klatschte, wurde ich schon auffallend ... Die Leute um uns herum im Parquet waren sicher gute Provinzler aus Mecklenburg, Halle und Königsberg, die sich gegenseitig mit schauderndem Behagen von der Seite betrachteten: So sieht die großstädtische Sünde aus ... merkwürdig ähnlich wie die Frau Gerichtsrätin und der Herr Kolonialwaren-Händler aus unserer nächsten Straße daheim.

Es war eben, wie sich der Herr Spießbürger die Sünde vorstellt: dumm und langweilig ... Ein Sündenpfuhl für Commis-Voyageurs ...

Nur zwei Frauen oben in den Logen haben mich interessiert. Aber als ich anfangen wollte, über die zu reden, sah ich das gewisse unbehagliche

43

Lächeln auf Fritzens Gesicht, und er fragte eifrig, was ich zu essen haben wollte.

Übrigens war Richter wirklich gescheit und amüsant. Oder scheint es mir nur so, weil er mich für gescheit und amüsant hält?

Fritz hat mich zuletzt noch geärgert. Als ich Richter aufforderte, uns abends gemütlich zu besuchen, fiel Fritz mir abwehrend ins Wort: »Kind, wir können doch Richter gar nichts bieten. Quäle ihn nicht, er sitzt lieber im Wirtshause.«

Ich bin überzeugt, er wäre gern gekommen. Aber nun bemerkte er steif: »Er habe leider die Abende selten frei.«

* * *

Jacobus hat uns seinen Bruder gebracht, und der dicke, freundliche Stadtmissionär hat sich schleunigst in Thes verliebt – was sage ich »Thes« – er meint natürlich Röschen. Thes ist ja nur eine Einbildung von mir ... Übrigens muß man sich in Röschen verlieben ... diese Blondlockigkeit, die zarte Blüte, die Farben, so recht: ein süßes Mädel. – Ich habe einen Neid auf die Farben! Schäm' dich, Ellen. Behalte ihn doch, den Neid – kann nichts dafür ...

Der dicke Andreas erzählt aus seinem Wirkungskreise. Nimmt der Mensch die Dinge einfach ... Nein, innere Mission, da kann ich doch nicht mittun.

»Wird die Welt schon zum Glauben bekehren«, sagt sein kleiner Bruder mit unbezahlbarem Gesicht.

Das Assistenzärztlein ist auch fortwährend da – weiß nicht, wie's kommt – trotzdem ich ihn schlecht behandle und Fritz sich über die Schmeicheleien ärgert, die er mir sagt, und Jacobus ihn nicht ausstehen kann. Die beiden geraten oft in komische Wortgefechte, an denen Papa seine helle Freude hat.

Mit Papa redet Jacobus über die sublimsten Dinge im Himmel und auf Erden ... Die beiden lieben sich, trotzdem sie in allem und jedem anderer Meinung sind.

Papa wird ganz jugendlich munter zwischen den jungen Leuten. Beinahe kokett – der alte Zauberer. Nun soll man Jacobus nur von ihm schwärmen hören.

»Dieser Chic! Die grüne Mütze, der lange Lodenmantel – die Würde der hageren Gestalt! Die Nachlässigkeiten des vornehmen Mannes ...«

... Ja, ich muß doch auch sagen – unter allen Männern, die ich um mich, die ich in Scharen auf der Straße sehe: Papa mit seinem schmalen, geistreichen Gesicht, der wundervollen großen Nase, dem langen, dünnen, weißen Henryquatre – dagegen kommt keiner auf! Er sieht eben aus wie ein Dichter. Ich liebe feierliche Schönheit am Manne ... Oder das ganz ausgefallene Wilde, was es gar nicht giebt, was nur in meiner Phantasie spukt.

Fritz ist beleidigt, weil ich es immer vergesse, seinen Bruder und die Schwägerin zur rechten Zeit aufzufordern. Bittet man sie nicht drei Tage vorher, so kommen sie grundsätzlich nicht. Sie haben dann den Verdacht, daß sie nur als Lückenbüßer dienen sollen. Ich vergesse sie ein bißchen absichtlich. Bertha ist so patronisierend. Giebt mir in ihrer spitzigen, superklugen Art immer gute Lehren. Und ich weiß doch, daß Papa es haßt, wenn man in seiner Gegenwart von Haushaltsdingen spricht. Die Perfekte ist übrigens davongelaufen. Röschen kocht, oder wir lassen was vom Traiteur holen oder essen auswärts. Die Portiersfrau räumt die Zimmer auf. Es geht viel besser so. Nur Fritz macht öfters ein verdrießliches Gesicht – das heißt, ich wäre ja froh, wenn er wirklich einmal ehrlich verdrießlich wäre. Aber dazu ist er viel zu wohlerzogen. Er geht nur schweigend mit einer Miene stiller Gekränktheit umher, und es ist nicht zu ergründen, was ihm fehlt.

* *
*

Fritz liebt Uglandys Bilder auch nicht, aber er gesteht zu, daß Uglandy unter Künstlern geschätzt wird und mit glänzenden Preisen verkauft.

Ich gönne es ihm.

Es ärgert mich doch. Er verkauft mit glänzenden Preisen ... Gewöhnlich ...

Sie sollten in einem Tempel hängen.

Papa nennt diese Kunst »hysterisches Geschmiere, die Äußerungen einer hysterischen Jugend«.

»Herr Hofrat«, sagt Jacobus. »Sind wir hysterisch – ich weiß übrigens nicht ganz genau, wie Sie, so allgemein angewendet, dieses Wort verstehen –, ist es da nicht wahr und einzig richtig, wir äußern uns auch hysterisch? Das heißt, wir geben unser Wesen und unser Gefühl in der Kunst statt eines angelernten, fremden Ideals, das wir eben doch nur in der Form mühsam nachstümpern können?«

»Ihr sollt Euch aber nicht in Eurer Krankheit behagen!« rief Papa aufgebracht, »sondern Euch ein gesundes Ideal vor die Augen und vor die Seele stellen, damit Ihr daran wieder gesund werdet. Und daß mein Kind, meine Ellen, sich so schnell von dem Modegift hat anstecken lassen, hätte ich ihr auch nicht zugetraut. Die Weiber sind eben ein schwaches Geschlecht, und die Jungen heutzutage auch schon halb *feminini generis.*«

... Damit hatten wir beide unsern Hieb.

... Was weiß ich, ob Uglandy »Mode« ist! Wenn er's ist, desto schlimmer für ihn.

Nie habe ich mich so selbst gefunden. Nie noch war ich so ich selbst, als in meinem Urteil über Uglandy. Darum hätte ich schweigen sollen.

Denn als ich das sagte, wurde Papa heftig, und dann läßt sich überhaupt nicht mehr mit ihm streiten. Er überschreit jede andere Meinung, und der vornehme Mann wird boshaft und hämisch. Ich leide maßlos, ihn vor anderen in dem Zustand zu sehen. Auch Fritz saß wie auf Nadeln.

Ich lief zuletzt aus dem Zimmer und habe bitterlich geweint. Röschen kam und tröstete mich. Ich wollte die Gesellschaft nicht merken lassen, daß ich geweint hatte, da fiel mir ein, daß wir uns verkleiden wollten: ich als Bauernbub und Thes als »Dearndl«. Sie sieht entzückend aus in dem Kostüm. Ich hoffte, der Assistenzarzt sollte sich in sie verlieben, es wäre so spaßig, wenn er mit dem dicken Andreas Händel über sie bekäme.

So sprangen wir herein mit lautem Jodeln und führten unseren Tanz auf, mit allen Volksliedern und Trutzen und Versöhnen, wie wir ihn uns im Laufe der Zeit ausgesonnen haben. Papa hat immer seine Freude daran gehabt.

Ich, aufgeregt wie ich war, sang und sprang wie toll um das sittige Röslein her.

Jacobus und der kleine Assistenzarzt klatschten rasend Beifall. Der gute Andreas war etwas verlegen und meinte, es sei doch immer eine ernste Frage, wie der Christ sich zum Tanz zu stellen habe.

Papa lachte vergnügt und meinte: »Sieveking, denken Sie sich keine Spitzfindigkeiten aus! David hat schon vor der Bundeslade einher getanzt und gesungen.« Er zog mich auf seine Knie und sagte zu Fritz, der wütend rauchte: »Na, Fritz – wie gefällt Dir Deine Frau! Das nenne ich doch noch gesunde Kraft und Lebenslust.«

Fritz murmelte nur Unverständliches.

Als wir allein waren, sprach er nicht eine Silbe mehr, küßte mich auch nicht zur »Guten Nacht«, sondern drehte sich schweigend in seinem Bette auf die andere Seite.

Ich weiß, er fand mich wieder einmal unweiblich.

* *
*

»Weißt Du, Fritz, es ist mir ganz klar, Du hättest Thes heiraten sollen, sieh einmal, wie tadellos jetzt in den Zimmern Staub gewischt ist ...«

Er lächelt – unbeschreiblich. Wie ein Mensch, der aus Liebe Schmerzen überwindet. Der Ausdruck seines Gesichtes hat mich eigentlich gerührt, trotzdem er nicht gerade schmeichelhaft für mich war.

* *
*

Thes beginnt die Stickerei, welche Jacobus für mein Kleid entworfen hat. Sie giebt sich redliche Mühe, und die beiden sind höchst komisch in ihrem Eifer.

Sie stickt ihm zu »bürgerlich«. Sie soll »die Linien meines Wesens mit der Nadel zur Anschauung bringen«. Guter Gott!

Zuweilen springt er auf, rennt im Zimmer umher, bindet seine Kravatte auf und zu und sagt dann vollständig zu Grunde gerichtet: »Ich wußte es ja. Ich konnte es mir ja denken. Na immerzu, immerzu – irgend etwas wird schon herauskommen.« – Bis der armen Thes die Tränen zwischen den Wimpern stehen.

Dann nehme ich sie in den Arm und werde grob gegen Jacobus. Und der sagt wie aus einem Abgrund von Kummer heraus: »Aber ich wollte das Kleid ja ausstellen – in Brüssel, in Paris ... Warum haben Sie es denn nur nicht gestickt?«

Und ich fahre ihn an: »Glauben Sie, daß ich die göttliche Geduld von Thes habe? – Ich hätte Ihnen die Geschichte schon längst vor die Füße geworfen. Ich kann überhaupt nicht sticken.«

»Das ist ja auch nicht nötig«, ruft er. »Wenn Sie es nur fühlen – dann kommt's auch heraus, ob die Stiche nun lang oder kurz sind.«

... Ja, fühlen ... das arme Röschen!

Ich empfinde schon, was er ausdrücken will – nicht ganz kann, aber doch will. So eine Mischung von Feierlichkeit und großem Wurf und

Verrücktheit ... Kleine Teufeleien, die sich an langen graziösen Stengeln wiegen.

Natürlich gab ich nicht zu, daß ich's verstehe. Übrigens ist diese Stickerei eine gute Gelegenheit, täglich zu kommen und Bruder Andreas das Feld nicht allein zu überlassen.

»Wissen Sie, es interessiert mich rasend, zuzusehen, wie ein Mensch sich verliebt«, gesteht er mir. »Beneidenswert – dieser Andreas – beneidenswert!« Und seufzt melancholisch, als wäre Andreas um dreißig Jahre jünger als er.

»Versuchen Sie es doch auch, Jacobus«, ermuntere ich, »irgend ein netter kleiner Backfisch ...«

Er sieht mich vorwurfsvoll an.

»Frau Erdmannsdörfer – wie oberflächlich. Haben Sie so wenig Menschenkenntnis, um noch nicht zu wissen, daß nette kleine Backfische mir ein Greuel sind?«

Er schüttelt schmerzlich den Kopf und fährt ganz ruhig und gelassen fort:

»Ich liebe Sie ja – aber doch nur beinahe. Vergleiche ich meine Empfindungen mit denen meines Bruders, so sehe ich mit Trauer, daß es nicht das Richtige ist.«

»Hören Sie zu: Wenn Sie in Not geraten, so möchte ich für Sie arbeiten ...«

»Danke sehr«, schalte ich ein, »ich hoffe, daß ich mich darauf nicht zu verlassen brauche« – indem er diesen ganzen Monat zehn Mark verdient hat.

»Ich träume ja nur«, fährt er fort, »meine Gefühle mir klar zu machen. Ich möchte Sie auf ein Schloß von Silberfiligran setzen, auf einen Söller mit grauvioletten Amethystsäulen, durch die ein bleicher, blauer Himmel scheint, und Ihnen wundersame Gewänder anziehen und alle Tage eine Stunde lang vor Ihnen knien und Sie anbeten. Und Sie dürften mir auch übers Haar streichen.«

»... Wie freundlich!«

»Nein, lachen Sie nicht. Um Gotteswillen, lachen Sie nicht!« Er hob die Hände bittend zu mir auf, und sein armes, häßliches Gesicht war ganz bewegt.

»Sie wissen nicht, wie ernst das alles ist. Ich wünsche so inbrünstig, daß Sie mich für den geistreichsten Menschen in Europa halten möchten.«

Jetzt zuckten seine Lippen doch sehr verräterisch. Man weiß nie, ob er über sich lachen oder weinen will.

»Ist das nun Liebe oder nicht?« fragte er mich bekümmert.

»Jacobus, Jacobus, ich fürchte, es ist keine Liebe ... Aber ich bin ja auch älter als Sie ...«

Er winkte mit der Hand ab ... »Das tut doch nichts. Ich habe einmal einen Abend eine ganz alte, schmierige Kellnerin geliebt, nur weil sie etwas Mütterliches in ihren Handbewegungen hatte. Ich sehne mich wie ein Kind nach Zärtlichkeit, aber es müßten die milden Zärtlichkeiten sein, die das Leben nur mit leisen, schonenden Fingern streifen. Sehen Sie, wenn wir auch wollen, wir können gar nicht mehr in der alten Weise lieben. Sie wollen gewiß Ihren Mann lieben, und es geht doch auch nicht. ...«

»Solche Anspielungen verbitte ich mir, Jacobus.«

»Verzeihen Sie. Es war wohl unverschämt?«

»Ja. Sagen Sie auch nicht immer »wir«. Ich gehöre nicht zu Euch modernen Menschen.«

»Ach, Sie wissen gar nicht, wie modern Sie sind. Wußte ich's denn in meiner Kinderstube in Blasewitz? Es ist die Art zu empfinden, die uns von den anderen unterscheidet. Nicht immer alles im Ganzen nehmen, sondern das Feinste sehen, was für die andern gar nicht existiert. Ich möchte für mich eine zartere Liebe, eine neue, wie noch nie ein Mensch geliebt hat.«

»Wissen Sie, woran Sie mich erinnern«, sagte ich: »Über den Himmel spannt sich ein Regenbogen – glühende Farben auf dunklen Gewitterwolken. Und irgendwo in der Nähe des großen, prachtvollen Regenbogens steht noch ein zweiter blasser Schimmer von irisfarbenem Geleucht. Für sich allein. Ganz zart, nur wie ein blasser, bunter Hauch in den grauen Wolken.«

»Ja, ja«, rief er eifrig, »da sind die Farben fein ... Der Regenbogen selber, der ist ja ein unangenehmes banales Kraftstück der Natur ...«

»Wie die Liebe!« –

»Na, eben!«

Und plötzlich sprang ich auf – ich weiß nicht, was mich ergriff – und reckte und dehnte die Arme und schrie ganz laut:

»Das ist ja alles Unsinn! Kurz und klein schlagen würde ich Ihr Filigrananschloß. Ich will den Regenbogen, den ganzen Regenbogen!«

Jacobus schüttelte weise den Kopf und sagte: »Frau Erdmannsdörfer, Sie gefallen mir nicht. Zuweilen werden Sie brutal.«

* *
 *

Mit der Randell bin ich gespannt. Es ist wahr, ich hab' sie ein wenig vernachlässigt über dem geliebten Besuch. Aber nun mache ich mich los, lasse Papa und Thessi allein wandern, fliege zu ihr, und sie macht mir eine Scene, weil ich Thessi duze und sie nicht.

Das ist doch zu lächerlich, und ich wurde sehr kühl und steif. Sie geht in einigen Tagen nach Hause, und ich hoffe, ich sehe sie nicht wieder.

* *
 *

Dieser Assistenzarzt ist ja eine ganz abscheuliche Kröte! Könnt' ich dem was antun! Wie ich den Kerl hasse!

Untersteht sich das kleine Biest, mir zuzuflüstern:

»Gnädige Frau, ich war bei den Bildern von Uglandy. Habe meine stille Andacht verrichtet ... Ein Mann, der von Ihnen so verteidigt wird, muß ein Gott sein ...«

Eingebildeter Affe!

Ich habe ihn nur angesehen von oben bis unten – man ist schnell damit fertig.

Und nun beklagt er sich bei Fritz, ich behandle ihn *en canaille*.

Fritz sagte zu mir: »Das hast Du davon!«

»Wovon?«

»Von Deiner schamlosen Koketterie.«

Fritz, das war gemein.

* *
 *

Daß es doch Freude macht, einen Menschen zu quälen. Jetzt quäle ich Fritz, und mit Bewußtsein. Bin mit Jacobus so lieb und nett – nur – ich weiß ja . Er soll mich um Verzeihung bitten für neulich. Bis er das nicht tut, soll er leiden. Wir sind plötzlich Feinde.

Wie Wellen von Haß kommt's über mich, wenn ich ihn sehe. Und so ein jäher Schmerz am Herzen. Ob nun alles vorbei ist, alles, was wir beide Schönes von unserer Ehe geträumt haben? Denke ich das, so schleich' ich mich in einen verborgenen Winkel und heule und heule. Wenn ich allein ausgehe, kommen plötzlich die Tränen, strömen unter dem Schleier, daß ich nicht weiß, wie sie stillen.

O Gott, o mein Gott, muß ich mich demütigen? Ich kann's nicht. Kann nicht, wo mir Unrecht getan ist. Und wenn alles darüber in Stücke bricht.

* * *

Papa spricht von Abreise. Ich versuchte alle Mittel, ihn und Röschen zu halten. Sage: Wir dürfen Röschens Liebesidylle mit dem Stadtmissionar, dem dicken Andreas, nicht stören. Und sie ist auf meiner Seite, glücklicherweise, ist wahrhaftig auch verliebt. Nun – der Geschmack!

Aber ich kann sie nicht entbehren, kann jetzt nicht allein mit Fritz bleiben. Das Herz krampft sich mir zusammen vor Angst! Papa blickt mich oft so sonderbar an. Nein, nein, nein, er soll nicht wissen, wie es in mir aussieht.

* * *

Ich bitte Sieveking, mir von seiner Mutter zu erzählen. Er weiß nur noch von ihrem letzten Geburtstag, daß die Kinder ihr zwölf blaue und weiße Milchtöpfchen schenkten, einen immer kleiner als den andern. Und er ärgerte sich und war verdrießlich, weil er nicht den größten und auch nicht den kleinsten tragen durfte, sondern nur gerade so mitten in der Reihe war.

»An ihr Gesicht, ihre Stimme, an ihr Wesen habe ich keine Erinnerung behalten«, sagt er traurig. »Nur an die blauen und weißen Milchtöpfchen und wie wir im Gänsemarsch damit ankamen ... Der Duft ihres Körpers ist mir noch gegenwärtig. So ein schwerer, kranker Duft, etwas nach Arzneien, schon aus ihrer letzten Leidenszeit. Der ist in einigen Gegenständen zu Hause haften geblieben. Und wenn ich Sehnsucht nach Hause habe, so weiß ich, es ist immer nach diesem Duft ...«

* * *

Meine gute, liebe Schwägerin. – Perfektion und bissige Bosheit wieder einmal Hand in Hand!

Die liebe Bertha ist beleidigt, weil ich es abgelehnt habe, zweimal in der Woche mit ihr in die Markthalle zu gehen. Seitdem bekomme ich es bei jeder Gelegenheit von ihr zu hören, daß ich die Ehe nicht ernst nehme. Und das langweilt mich. Also, als sie gestern gegen Abend kam, ließ ich hinaussagen, ich hätte Kopfweh Ich war auch elend – ein wenig – und dann kann ich ihre Stimme eben nicht vertragen. Sie sah aber Sievekings Hut im Flur hängen, und der ist mit keinem andern Hut zu verwechseln. Und dann will das Unglück, daß sie Fritz auf dem Heimweg begegnet.

Ich müßte ihr dankbar sein, daß sie mir zu einer Aussprache verholfen hat. Aber ich bin noch zu verstört von der Sturzwelle heftiger Vorwürfe, die über mich dahingerauscht ist.

Soll man es denn für möglich halten: Fritz ist wirklich eifersüchtig auf Jacobus. Auf den armen Jacobus mit dem blütenvollen Antlitz. Hat hinter meinem Rücken Papa und Thes eingeladen, damit ich nicht so viel allein sei mit dem unheimlichen jungen Manne – und damit mein Interesse abgelenkt werde ...

Ich bin ganz erschüttert. Ich hätte Fritz für viel größer gehalten. Auch für klüger und menschenkundiger.

Und das Tanzen! Und daß ich im Bubenkostüm mich vor den Herren gezeigt habe. Durch den widerwärtigen Assistenzarzt ist es herumgekommen, und Fritz ist von seinen Bekannten geneckt worden. Und sein Freund Richter hat ihm gesagt, er würde das seiner Frau freilich nicht gestatten ...

Und kurz und gut – ich soll mich von Grund meiner Seele aus ändern, damit ich des Herrn Dr. Fritz Erdmannsdörfer würdig werde!

Fritz stand so feierlich vor mir, daß ich plötzlich aus aller Empörung heraus in ein unbezwingliches Lachen verfiel.

»Ellen, ahnst Du wirklich nicht«, fragte er mich sehr ernsthaft, »was Du mit Deinem ganzen Wesen für Wirkungen hervorbringst?«

»An Wirkungen denke ich überhaupt nicht. Ich überlasse mich der Augenblicksstimmung. Was ich da empfinde, weiß ich in der nächsten Stunde schon nicht mehr.«

»Wenn man je ergründen könnte, was bei Euch Frauen Unschuld oder Raffinement ist«, sagte Fritz mit einem Ausdrucke so vollständiger Rat- und Hoffnungslosigkeit, daß er mich beinahe bewegt.

Aber ihm mit einem Tränenstrom um den Hals zu fallen – ihn um Verzeihung bitten ... Um keine Welt! Das ist nicht meine Art. Ich bleibe dabei, er tut mir Unrecht. Das kränkt ihn. Er sähe es beinahe lieber, scheint mir, ich wäre zerknirscht, von bösem Gewissen gepeinigt.

Großmütig verzeihen, von oben herab auf unsere Torheit und Schwachheit niederblicken, sich als Gott fühlen ... Das ist wohl jedem Manne ein Genuß.

Statt dessen täglich mein Spott über seine Eifersucht ... O, mein Fritzchen, ich kenne dich doch. Dich und deine große Eitelkeit!

Ich denke nicht daran, dem armen Jacobus die dumme Geschichte entgelten zu lassen. Ihm mein Haus ohne Grund verbieten ... Ich werde doch Fritz nicht so blamieren!

* *
*

Papa hat von der dummen Sache etwas gemerkt. Ich bin auch nicht vorsichtig in meinem Zorn gewesen.

Wir waren allein, und er hatte lange vor sich niedergeschaut und geschwiegen; er begann:

»Ellen, wenn Dein Mann eifersüchtig ist, richtest Du mit Deinen kleinen Bosheiten und Neckereien gar nichts aus. Da ist nichts zu wollen, da gieb nur nach. Du weißt nicht, was es für einen Mann bedeutet, eifersüchtig zu sein. Wie das an der innersten Kraft zehrt und brennt und aushöhlt.«

»Aber Papa, er zeigt mir damit ein Mißtrauen, das ich nicht ertragen kann.«

»Du wirst es ertragen lernen. Das ist Ehe, daß man ertragen lernt.«

Ich schwieg.

Das ist Ehe, daß man ertragen lernt ...

Es geht mir wie ein Schmerz durch die Nerven.

Wie trostlos Papa das Wort sprach; wie aus tiefen, schweren Erfahrungen heraus.

Und weil ich die Angst vor dem »Ertragenlernen« schon so oft heimlich empfunden habe.

Nicht sagen dürfen: Ich mag jetzt nicht. Ich habe dich jetzt ein paar Wochen nicht lieb. Ich weiß nicht, wie es kommt, aber ich fühle nichts zu dir. Ich bin mit etwas anderem beschäftigt.

Wahrscheinlich fühlen gute Ehefrauen niemals nichts ... Oder vielleicht auch nicht so viel ... Ob denn Bertha diese unsinnige Sehnsucht am Herzen zehren hat: alles in der Welt, das Schönste und Schrecklichste und Verrückteste bis in die innersten Abgründe hinein zu empfinden, darin unterzugehen als in ureigenstem Erlebnis.

Ich habe das »reine Anschauen« nie begreifen können. Bei mir wird alles persönlich.

»Du mußt lernen, von Dir zu weisen, Ellen«, sagte mir Fritz einmal. »Wenn Du die Nächte wach liegst – weil auf dem Straßenpflaster vor Deiner Tür einer wach liegt, wenn Du nicht ißt, weil Du erfahren hast, daß jemand hungert, wenn Du Schmerzen hast, weil eine Frau in meiner Klinik leiden muß ... das geht doch auf die Dauer nicht.«

Wie soll ich es lassen, zu empfinden?

Ich möchte immerfort das Leben bitten, mir etwas Unerhörtes zu schenken!

Es war in meinem Tanzen neulich ein Augenblick, wo das wie ein übermächtiges Verlangen in mir war, wo es aus mir schrie, und ich meine Hände danach streckte ... Und das ist es, was Fritz an mir so unheimlich und schrecklich ist.

Mir selber auch.

O, ich weiß, was mich stillen würde.

Nichts Unerhörtes – nein. Etwas so Natürliches. Ein so alltägliches Glück, wie es arme Waschfrauen, Tagelöhnerinnen, Pastorenfrauen im Übermaß besitzen. Die Gesegneten!

Nur ich allein – ich unter Tausenden nicht?

Kein Anzeichen – keine Hoffnung.

Von der Hoffnung lebe ich ja.

Und wenn es nun niemals zu mir käme? Nie ... Und das ganze Leben, ein Warten – Warten – Warten – von Jahr zu Jahr ... Meine Seele schreit vor Angst, wie ein wildes Tier in seinem Käfig.

* *
*

Gestern haben wir Verlobung gefeiert. Tante Lebers Einwilligung kam telegraphisch.

Der dicke Andreas hat mir zuerst sein Herz ausgeschüttet und mir gebeichtet, er halte sich nicht für rein genug, um Thessis Liebe zu werben. Er hätte oft gesündigt vor dem Herrn. Warum mußte er mir das sagen? Fritz hat es sehr unpassend gefunden.

Ich habe Thes seine Beichte mitgeteilt, wie er es wünschte. Sie fiel mir um den Hals und schluchzte – ich hatte eigentlich gedacht, sie würde lachen. Ich tröstete: es werde wohl nicht so schlimm sein, gläubige Christen übertreiben ihre Sünden gern ein bißchen. Ich traue dem guten, phlegmatischen Andreas gar nicht viel Schrecklichkeiten zu. Das nahm sie nun wieder übel, sie weiß nicht mehr, was sie will. Mir kam es beinahe vor, als seien es gar nicht die Sünden von Andreas, die ihr so viel Tränen entlockten.

Sie seufzte nur: »Ich kann es nicht sagen, Ellen, es ist zu schrecklich und zu traurig.«

Also – trotz des traurigen Geheimnisses hat sie sich heute nachmittag friedevoll mit ihrem Stadtmissionär ausgesprochen, wir haben ausgerechnet, ob die Zinsen ihres väterlichen Vermögens ausreichen, in Berlin bescheiden zu leben, denn die innere Mission überhäuft ihre Diener nicht gerade mit irdischen Schätzen. Und dann haben wir eine Bowle gebraut und das Brautpaar leben lassen.

Jacobus beträgt sich väterlich gegen die jungen Leute und seufzt sein altes Leid: Wer sich doch auch einmal so blödsinnig verlieben könnte. Fritz hält das für elende Affektation.

Papa war still und sah elend aus. Er hat in den letzten Tagen öfter seine Herzkrämpfe gehabt.

Die Berliner Luft bekommt ihm nicht. Er sehnt sich heim.

Nach dem Abendbrot bat er uns, ein wenig Musik zu machen. Thes und ich sangen unsere Volkslieder und ein paar Choräle.

Zuletzt sang ich allein: »Lobe den Herrn, o meine Seele.«

Später, als ich hinausging, um Obst zu holen, kam mir Fritz nach, nahm mich im dunklen Flur in den Arm und küßte mich.

Mir war nicht zärtlich zu Mute. »Du hast Dich ja doch in mir geirrt«, sagte ich scharf.

»Ellen«, bat er leise, »sei nicht so herb! Ich werde Dich schon verstehen lernen. Und Du mich auch.«

Er preßte mich an sich.

Ich fühlte ...

Ach, ich wurde so traurig. Grenzenlos traurig. Meine Seele schwamm auf einem großen, tiefen Meer von Traurigkeit und sah kein Ufer. Und doch rührte er mich und tat mir leid.

Als er im Dunkel der Nacht den Kopf an meine Brust legte, fühlte ich zu ihm wie eine Mutter, die ihrem Kinde den Willen tut, nur weil sie es nicht leiden sehen kann.

*

Fritz erlaubt, daß ich meine Lieben nach dem Harz begleite. Im Oktober will er mich wieder holen.

Ich glaube, gern läßt er mich nicht gehen.

Aber der Arzt in ihm spricht. Er findet mich blaß und blutarm. Oder läßt er mich lieber von sich, als mich in der Nähe von Jacobus Sieveking zu wissen? Nein, ich glaube, er hat seine Narrheit eingesehen.

Ach, meine Wälder! Ich freue mich, ich freue mich!

* *
*

Es regnete in Strömen, als wir ankamen. Ich gleich hinaus und weit gelaufen, die feuchte Kühle, den frischen Duft getrunken.

Glitzernde Tropfen über dem Moos. Winzige rosalila Pilzchen wuchsen auf grausilbernen Flechten. Die Farben hätte Jacobus sehen müssen. Ich hab' sie lange angeschaut.

Dann auf die Jungfernklippe. So hat Papa sie einst getauft. Und hier hat Fritz mich gefunden. Klettern kann ich nicht mehr gut. Die Knie zitterten mir. Vielleicht war's auch nur Freude.

Wie die schweren Fichtenäste niederhingen und oben, hoch oben die braunen Zapfen schwankten! Und der feine, silberne Regendunst zwischen dem Grün ... Und das Rieseln, das ruhevolle Rauschen ... Schreien vor Glück! ... Schreien!

Als ich heimkam, war es dunkel, ein gelber Lampenstrahl fiel durch die Herzen der Holzläden. Minette schloß mir die Tür auf, der Jolly trottete faul und dick und mürrisch kläffend hinter ihr drein. Sie brummte, wie sie immer gebrummt hat, seit ich ein kleines Kind war. Tante Leber saß auf dem Sofa, hinter der Lampe, den Kopf vorgestreckt, die Augen dicht auf ihr kleines, feines Häkelzeug gerichtet. Papa mit der Pfeife im braunen Lederstuhl. Thessi spielte leise: »Am Brunnen vor dem Tore ...«

Und Berlin war ein Traum – ein ferner verrückter Traum ...

* *
*

Man sollte meinen, Tante Leber müßte in ihrem einförmigen Leben unsere Nachrichten von der Welt draußen mit wahrer Gier einschlürfen.

Doch hört sie kaum auf unser Schwatzen, nicht einmal der Stadtmissionär interessiert sie besonders.

Sie hat, Gott weiß woher, ein ihr noch unbekanntes Daguerreotyp von Papa aufgetrieben aus seinem 24. Jahr, also aus der Zeit, als er die »Jungen von Bieberstein« schrieb. Das beschäftigt ihre Gedanken unausgesetzt. Es vervollständigt nun endlich den Bildercyklus, an dem sie seit Jahren sammelt. Sie nahm mich gleich am ersten Tage mit in ihr Zimmer, das wir Tante Lebers Heiligtum nennen, wo alle ihre Schätze unter Glas und Rahmen an den Wänden prangen, auch eine Locke von Papa und eine braune, verhutzelte Rose, die er ihr pflückte, als sie ihn das erste Mal besuchte. Mit einem bescheidenen, zufriedenen Lächeln erzählte sie mir ihren Plan, die Bilder, die sie da gesammelt, mit den Inschriften aus seinen Werken lithographieren zu lassen und in den Handel zu geben zu einem wohltätigen Zweck.

Gute Tante Leber, wer soll die wohl kaufen? Wer weiß und will denn noch etwas von Papa?

Ist es pietätlos, daß ich so klar sehe? Ich sagte, ich fände es schöner, die Bilder blieben in der Familie. Daß ich sie zur Familie rechnete, freute sie, und sie küßte mich.

Wie anders sieht man die Dinge, wenn man aus einem bestimmten Kreis herausgetreten ist und von außen wieder hineinschaut.

Ich habe niemals zuvor über Tante Leber nachgedacht. Plötzlich erscheint sie mir wie eine Merkwürdigkeit. Alle Romantik, alle Litteratur, Wissenschaft und Kunst verkörpert sich für die alte Frau in der Gestalt meines Vaters. Sie hat ganz gewiß keinen bedeutenden oder selbständigen Geist. Aber im Laufe der Jahre hat sie sich so in das Gedankenleben meines Vaters hineingefühlt, daß er lange Gespräche mit ihr führen kann wie mit sich selbst, ohne je durch eine fremde und feindliche Meinungsverschiedenheit zurückgestoßen zu werden. Jetzt liest sie die Bekenntnisse des heiligen Augustin, um ihm in seinen Liebhabereien zu folgen – die Apothekersfrau aus Quedlinburg, deren Tage zwischen großen Wäschen und großem Reinmachen so hingeronnen sind ... Die unsinnige Leidenschaft der armen demütigen Seele, die sie ein halbes Leben lang wie einen heimlichen Makel scheu verbergen mußte, hat den Sieg erhalten über so viel Bildung, Größe und Schönheit, die er von sich gewiesen, und sie ist die letzte Freundin des Einsiedlers geworden. Ist das lächerlich oder ist es erhaben?

* *
*

Papa hat Thessi ebenso lieb wie mich. Lieber vielleicht. Ich bin ihm zu widerspruchsvoll, wir geraten zu oft aneinander. Am ersten Abend, als Lebers aufbrachen, um in ihr Häuschen heimzukehren, behielt er beim Abschied Thessis Hand lange zwischen seinen Händen und sah sie ernsthaft an. »Ja, ja. kleines Röschen, Sie lassen uns beide Alte auch allein!«

Thessi wurde glühend rot und bekam Tränen in die Augen. Er strich ihr übers Haar und drückte ihren Kopf einen Augenblick an seine Schulter mit einer sehr sanften Bewegung.

»Gutes Kind, das ist nun so, wir müssen uns ergeben«, sagte er ruhig, und mich dünkt, er sah nachher ungewöhnlich alt und zerfallen aus. Er dachte wohl an mich. Er hat meine Heirat nicht gern gesehen. Und weil er gleich so dagegen wütete, reizte er meinen Eigensinn ... Hätte mein Vater gewünscht, ich solle Fritz heiraten – wahrscheinlich würde ich es nicht getan haben.

* *
*

Ich suche in der Natur Uglandys Farben und finde sie nicht. Ich habe zu lange gesehen wie Schwind: Märchenhafte, kindliche, deutsche Waldromantik ...

Uglandys Bilder schildern auch nicht Natur. Sie sind Seelenzustande.

* *
*

Ich komme fast nicht heim. Nur allein muß ich wandern. Ich kann Thessi nicht mehr gut ertragen.

Wie soll ich's nur ausdrücken Es ist nicht mehr wie früher.

Ich liege im Grase, das bald zum zweiten Male gemäht wird, und schaue dem Wehen und Neigen der hohen Halme zu.

Aber ich bleibe Ellen von der Weiden, ich kann mich nicht mehr so ganz vergessen, so völlig hingeben, daß ich von mir nichts mehr spüre und nur noch ein Teil der Luft bin, ein warmer Schein, eine zarte säuselnde Bewegung ...

Das aufgelöste, wundervolle Glücksgefühl – verloren – verloren.

Doch der Duft des reifen Kornes regt mich seltsam auf. Wenn die Ährengarben fallen unter der Schnitter Sensenhieben, die langsam und feierlich sind, wie ein Gottesdienst, dann ist mir zu Mut, als schnitte man mir selbst ins Herz, und ich müßte niedersinken und vergehen mit einem Schmerz, der Wollust gleicht.

* * *

Früher hatte ich nur ein Verhältnis zu den Blüten, und jetzt ist mir die Frucht so heilig geworden: Ein Apfelbaum mit seinen niederhängenden, beladenen Zweigen, er rührt mich so in seiner Schwere ... Die Dolden der grünen Nüsse unter den breiten, bitterlich duftenden Blättern ... Giebt es Worte für Empfindungen, die so heimlich süß und schauerlich sind ... Wenn ich die Schale löse, die grüne und die braune, noch nicht ganz gehärtete, und sehe den kleinen, weißen Kern, wie er zusammengekrümmt in seiner dunklen Behausung liegt, noch in seiner Bildung begriffen – es kommt mir wie ein Sakrilegium vor, daß ich das sehe ... und doch kann ich's nicht lassen, die Samenhülsen der Pflanzen zu brechen und zu durchwühlen nach dem, was drinnen wird. Und es rinnt mir ein Zittern durch die Glieder ...

Was man als Mädchen nicht sah in der Natur – wo alles nur Form, Farbe, Duft und Bewegung war – was man nicht sehen wollte: das geheime Leben, das unter der Oberfläche vor sich geht, das lockt und reizt mich. Es wirkt wie ein böser Zauber in mir, wird eine gierige, durstige, unanständige Freude. Atemlos kann ich den kleinen Tieren nachspüren und zittere, glühe, wenn ich die Libellen in der Luft verschlungen gaukeln sehe ...

* * *

Heute nachmittag habe ich mich als altes Weib verkleidet, mit einem Reisigbündel auf dem Rücken, Vorübergehende angebettelt, ihnen eine lange Leidensgeschichte vorgejammert. Die haben ihre Portemonnaies umgekehrt – fanden schließlich doch nur 10 Pfennige Kleingeld. Dafür waren sie entzückt von der köstlichen, originellen, alten Person, nahmen mich mit, ihnen den Weg zu zeigen. Berliner waren's, reiche Protzen. Sie haben gute Bosheiten von mir zu hören bekommen, und wen sie gerade trafen, der hatte die Schadenfreude der anderen dazu. Plötzlich über den

Graben gesprungen und mit tollem Gelächter ins Buschwerk. Sie standen wie verhext.

Papa und Thessi, sogar die alte Minette, die dem Beginn des Abenteuers aus dem Garten zugesehen hatten, wanden sich vor Lachen, als ich heimkam.

Ich ekle mich vor mir selber nach solchen Dummheiten. Trotzdem treibt es mich immer wieder dazu.

In drei Tagen kommt Fritz, mich zu holen. Ich habe Verlangen nach ihm. Zitterndes Verlangen ... Aber ich weiß schon: ist er da, zerrinnt mir die Sehnsucht, und ich ärgere mich und ihn.

* *
*

Was war es nur? Wir sind uns in die Arme gefallen, als hätten wir schauerliche Trennungen zu erleiden gehabt.

Und die Nacht in meinem Mädchenstübchen – das Fenster stand offen, und der Duft der Rosen strömte herein. Und dann schwirrte es über uns und huschte wie von leichten Flügeln, und ich fürchtete mich, glaubte, es sei eine Fledermaus, und versteckte mich ganz in seinen Armen. Er flüsterte mir ins Ohr: Sie sieht uns zu. Und wir kicherten und küßten uns. Und dann lauschten wir wieder stumm auf das Huschen und Flattern, und ich legte den Kopf auf sein Herz und hörte, wie es schlug.

Am Morgen saß das seltsame Tierchen mit zusammengefalteten Flügeln, ganz in sich verkrochen, an der weißen Fenstergardine. Wir lösten es vorsichtig und setzten es hinaus ins Licht, wo es irre umherflatterte.

* *
*

Fritz und ich gingen spazieren durch junge Tannen, einen ganz schmalen, versteckten Weg. Ich war lustig, zu allen Tollheiten aufgelegt, er leider schon wieder recht verständig; zuweilen schaute ich ihn von der Seite an, wie er so würdevoll dahinschritt, schämte mich meines Wunsches: wäre er doch so verliebt in dich, daß er vor Wahnsinn und Verlangen gar nicht mehr wüßte, was er täte.

Mit einem Male – ganz unüberlegt, fiel ich ihm um den Hals und biß ihn ins Ohrläppchen.

Er schrie auf und schüttelte mich ab wie eine Schlange. »Bist Du verrückt – Hexe!«

Ich packte ihn und schüttelte ihn nach Herzenslust. »Ja, ja, ich bin verrückt! Ach – da hängt ein Blutstropfen an Deinem Ohr ...«
Er zog ärgerlich sein Taschentuch, betupfte sich.
»Solch ein Unsinn Du hast mir weh getan.
Laß mich jetzt los! Was denkst Du Dir denn eigentlich? Der Mensch darf sich doch nicht so gehen lassen ...«
»Ich will mich aber gehen lassen«, schrie ich, warf die Arme in die Luft, stieß einen Juchzer aus und rannte ihm davon, quer in den dichten Wald hinein.
Er schritt würdevoll weiter. Nach einer Weile hielt er an, sah sich um, ich beobachtete ihn von der Höhe aus, hinter einem Baume hervor. Er meinte wohl, ich würde wiederkommen, rief ein paarmal, ich kam aber nicht.
Jetzt ist er sehr böse auf dich, dachte ich, und freute mich. Leise stieg ich höher und höher – er hätte mich ja suchen können, wenn er gewollt hätte ... Ich hoffte, er käme. Schließlich war's ein herrliches Wandern in der klaren Septembersonne, und ich sang und sehnte mich und dachte, daß einsame Sehnsucht doch das Schönste ist.
Kam erst heim, als Papa und Fritz mit der Laterne ausziehen wollten, mich zu suchen. Wurde nicht gerade liebevoll empfangen.

* * *

Sieveking von der inneren Mission ist angekommen, und Röschen ist die verschämteste, niedlichste Braut, die sich denken läßt. Sie stehen in allen Ecken, tuscheln und tätscheln und küssen.
Fritz schüttelt sich. »Ich kann so etwas nicht sehen. Wir waren doch ein anständiges Brautpaar, nicht, Papa?«
»Sonst hätte ich Euch auch zum Tempel hinausgeworfen!« grollte Papa. Er ist in keiner guten Stimmung, jähzornig und gereizt.
Eifersüchtig, sagt Fritz.
»Wie kannst Du so etwas nur denken! Bei mir war er gerade so.«
»Da war er eben auch eifersüchtig.«
»Eifersüchtig – weil Röschen Leber sich verlobt?«
»Kind, sie ist doch ein hübsches, blühendes Mädchen. Glaubst Du, daß das auf einen alten Herrn ohne Wirkung bleibt?«
Liebe. –

Ist Liebe etwas Holdes, Gutes? Ist sie nicht eine unheimliche, böse Gewalt, die unter den Menschen umgeht und unerbittlich ihre Opfer packt und würgt ...

Und man lacht darüber – wagt zu lachen ...

Mein Vater ... Er ist mir so empörend der Gedanke, daß Papa, mein großer, vornehmer, geistreicher, alter Vater, für das kleine, rosenrote Röschen anders fühlen könnte, als liebväterlich.

Es kann nicht sein. Es soll nicht sein.

Ich will's vergessen.

* * *

Morgen reisen wir nach Berlin zurück.

Zuweilen schleicht es an mich heran wie eine ganz kleine graue Furcht, von der ich aber schon weiß, daß sie wächst und schwillt, bis sie wie ein grauer Nebel um mich her sein wird – ein Nebel, der einem den Atem erstickt ... Kann ich denn nichts – gar nichts dagegen tun?

Ich will Fritz lieben.

Ich will ihm treu sein!

Treue ...

In dem Augenblick, wo Treue Tugend wird, ist sie ja schon tot – ist als Tugend auferstanden, aber keine Treue mehr.

Ich finde es so unanständig, seinem Manne nicht treu zu sein.

Wenn nur Fritz nicht so pädagogisch wäre.

Zurück nach Berlin ... Und es giebt Menschen, die behaupten, man könne nur in Berlin leben!

* * *

Gestern die erste Wintergesellschaft bei Professor von Wegner. Fritz hatte mich zu Haus beschworen, bei allem was ihm heilig ist: guter Ruf, Praxis, Familie, mich diskret zu benehmen. Ich hatte eine Himmelangst, wollte ihn wirklich nicht in Verlegenheit setzen – stand also still und ernst zwischen den alten Damen, die mir gute Ratschläge gaben.

Komisch – der Beginn einer solchen Gesellschaft: der festliche Prunk der Frauen mit den entblößten Schultern und Armen, der feierliche Glanz der Herrenchemisetten, die Lichter, die gewichsten, spiegelnden Fußböden – alles bereit zu einem großen Fest der Freude, und dann doch das nüchterne, steife und spitzige Gebahren der Menschen zu einander. Der Ernst und die Würde, mit der auch die besten Freunde einander begrüßen; z. B. Fritz und Dr. Richter.

Letzterer war mein Tischnachbar – sehr angenehm in der Tat –!! Ich habe noch einen ordentlichen Zorn auf den Mann, weil er Fritz den Rat gegeben, er solle seine Frau nicht tanzen lassen. Da wurde es mir wahrlich nicht schwer, »gehalten« zu sein. Trotzdem hat er zu fühlen bekommen, daß er mich beleidigt hat. Und wenn ich jemand so etwas empfinden lassen will, dann ist kein Mißverständnis darüber möglich. Er wurde ganz schweigsam und nachdenkend.

O – o – o und nach Tisch tat jeder, aber auch jeder, der sonst noch in den Räumen anwesend war, an mich dieselben Fragen. Na – ich habe immer höflich geantwortet, nur gegen das Ende hin wurde ich so müde, daß ich mich in eine Ecke setzte, mich auszugähnen, mir ein Album besah und fast einschlief. Fritz kam schließlich, holte mich, und wir gingen mit Richter zusammen die Treppe hinunter, vor uns zwei stattliche Damen, von denen die eine zur andern sprach: »Unbedeutend und nicht einmal hübsch ... Erdmannsdörfer schien doch früher Ansprüche zu machen ...«

Ich blickte Fritz an, seufzte und sagte: »Nun bist Du doch zufrieden?«

Dr. Richter lachte laut auf, so daß die Damen sich erschrocken umsahen und sich dann eilig und aufgeregt entfernten.

* *
*

Lange habe ich nicht geschrieben. Mochte nicht, das ewige Sichselbstzergliedern wird mir zuwider. Man weiß ja doch nie, wie weit man sich selbst belügt.

Habe ich auch nur eine Ahnung, ob Fritz mich noch liebt oder nicht?

Ob ich ihn noch liebe? Lieb habe – gern habe – wie weit er mir gleichgültig, ja antipathisch geworden ist?

Liebe – dieser allgemeine Begriff für so tausend verschiedene Empfindungen.

Wie viel muß er mit seinem Mantel von unbestimmt glänzenden Farben bedecken.

Ich weiß, daß ich rasend würde, wenn jemand Fritz verleumden oder irgendwie angreifen würde. Aber das ist wohl mehr Eigentumsgefühl als Liebe.

Fritz hat ganz recht, man soll nicht über seine Gefühle grübeln. Man soll sein Schicksal einfach und schlicht nehmen. Dumpf und wie im Traume leben, die Tage hinrinnen lassen, wie Meersand durch die Finger spielender Kinder.

Er kann das so gut. Er hat so wenig seelische und geistige Bedürfnisse. Lächerlich wenig für den gescheiten Mann, der er ist. Ich möchte wissen, ob das Temperament oder Resignation ist.

Seine Arbeit in der Klinik, ein gutes Mittagbrot – er giebt sehr viel auf gutes Essen – abends einen bequemen Lehnstuhl, eine Cigarre, ein medizinisches Journal oder die Zeitung – darüber hinaus gehen seine Wünsche nicht, und so einfach sie sind, erreicht er diesen Zustand behaglicher Ruhe selten. Weil er mich zur Frau hat. Ich fühl's, er sehnt sich oft zurück zu seinem stillen Junggesellenleben, zu den gleichförmigen Kneipabenden.

Wir haben unzählige Besuche gemacht, sind unzähligemale eingeladen worden. Ich weiß gar nicht mehr, welcher Salon zu welchen Menschen, welcher Mann zu welcher Frau gehört.

Anfangs wollte ich nicht unter die Leute. Fritz mußte fast Gewalt brauchen.

Weil's doch für seine Stellung nötig ist.

Nun ist es anders geworden, und ich kann nicht genug haben. Aber Fritz ist es längst zu viel. Die Menschen sind verrückt mit mir. Was ist's immer? Ich bin nicht schön, nicht elegant, meine Kleider sitzen niemals so gut wie die anderer Frauen, mein Haar, das ich auf Fritzens Wunsch wachsen lasse, erinnert mehr an die Mähne einer italienischen Ziegenhirtin, als an die »Coiffure« einer Dame. Trotzdem ... Es ist förmlich, als ginge ein Zauber von mir aus, und nicht einmal ein guter.

Fähnriche, Studenten und so Zeugs, na ja, das mag gehen. Die amüsiere ich, und sie sind in der Langeweile der Gesellschaften dafür unbändig dankbar. Ebenso alte Herren. Das ist verständlich. Aber ganz vernünftige Frauen werden blaß und rot vor Aufregung, wenn sie mit mir zusammen sind, schicken mir Blumen, machen mir Eifersuchtsscenen, wenn ich sie nicht genug beachte. Es ist wahrhaftig oft unbequem, so angebetet zu werden. Es geniert und beunruhigt mich. Doch genieße ich's doch – doch.

* *

Ellen, Ellen, Ellen, bist du ein Scheusal!

Oder warst du ganz unschuldig?

Wer's wüßte!

Den ganzen Sommer hat uns Richter gemieden, seit jenem Abend im »Kaiserhof«. Als ich ihn jetzt im Winter öfter in Gesellschaften traf, war stets so ein scharfes, boshaftes Geplänkel zwischen uns, an dem die anderen oft ihre Freude hatten. Er ist schlagfertig und gescheit. Doch hielt ich ihn für eiskalt, und oft schenkte er mir gar keine Beachtung. Wahrhaftig, ich konnte nicht wissen …

Gestern bei Professor Mellbruck fragte er, ob ich am andern Tage zu Hause sein würde. Eine reine Anstandsvisite – wir hatten ihn neulich mit anderen Leuten bei uns.

Ich liege auf der Chaiselongue, habe dumpfes Kopfweh, nehme ihn doch an, weil ich denke, es wird Fritz lieb sein, ich mache Frieden mit ihm.

Er ist schweigsam und förmlich, hat aber einen weichen Ton in der Stimme, den ich nicht an ihm kenne.

»Wie Ihnen das gelbseidene Tuch steht, das Sie da um den Kopf gewunden haben«, sagte er unvermittelt. Ich meinte, ich könne Gelb eigentlich nicht tragen, ich sei zu blaß.

»Ach nein«, sagte er nur, und da wußt' ich's plötzlich.

Mein Herz tat einen heftigen Schlag, trotzdem ich den Mann nicht mag.

Und gerade da muß ich ihn fragen, warum er nicht öfter käme, was er an mir auszusetzen habe … Er sei doch Fritzens Freund.

»Eben deshalb.«

Ich tat, als verstehe ich nicht.

Eine freudige Angst kam über mich.

Er saß so steif und feierlich auf dem Stuhl am Fußende meines Lagers. Sein Cylinder stand auf dem Tischchen. Er hatte so tadellose Handschuhe an. Es war beinahe lächerlich.

Der selbstgefällige Herr mit dem hochgedrehten Schnurrbart … Und seine Hände zitterten, in seinen Augen war eine so hilflose Bitte.

Ich konnte es nicht ertragen. Schloß die Lider. Lag totenstill. Wußt' nichts zu sagen als zu flüstern: »Nein, nein, nein!«

Er stand langsam auf. Ich fürchtete mich plötzlich, schlug die Augen auf, sah ihn wieder an.

»Sie erlauben wohl, daß ich mich empfehle. Grüßen Sie Fritz. Ich komme schon einmal wieder.«

Er lächelte, wie ein kranker Mensch über Pläne lächelt, bei denen er weiß, daß er ja keine Kraft hat, sie auszuführen.

Ich richtete mich auf und reichte ihm die Hand.

Er nahm sie, als wäre sie glühendes Eisen, und berührte sie vorsichtig mit seinen Lippen.

»Ich komme schon einmal wieder«, sagte er noch einmal, stand und sah mich ernsthaft an, worauf er seinen Hut nahm und ging.

* * *

Den ganzen Sommer und Herbst habe ich nicht einmal an Richter gedacht. Und er hat sich gesehnt und gebangt … das ist etwas Furchtbares. Hochmütig, wie Richter ist, muß es ihm eine Qual sein und wird's in Zukunft noch mehr werden, daß ich das von ihm weiß.

Und ich hatte keine Ruhe, bis ich's erfuhr.

Wenn ich zurückdenke, wie es mich kränkte, daß er mich nicht beachten wollte … wollte! Das fühlte ich doch. Wie ich ihn belauschte in seiner heimlichen Angst und mich daran erlabte … Ja – erlabte!

* * *

Ich weiß, daß ich Richter nicht liebe – niemals lieben werde. Abgesehen von der Tatsache, daß er mein Gemahl, ist mir Fritz auch ein viel angenehmerer Mensch.

Doch – als ich Richter heute nicht bei Gladners traf, war es mir eine Enttäuschung.

Was will ich denn von ihm? Er ist mir antipathisch. Das meine ich ehrlich.

Nun muß ich etwas Entsetzliches niederschreiben:

Ich möchte, daß er mir noch einmal die Hand küßte – so wie neulich.

Dabei gehe ich umher wie eine Verbrecherin – habe Scham und Ekel an mir.

* * *

Fritz gebeten, keine Einladungen mehr anzunehmen.

Bin des Treibens müde.

Möchte fort – fort – weiß nicht, wohin.

* *
*

Sag's nur, Ellen, schreib's nur nieder und sieh, wie es da geschrieben aussieht:

Begegnete Richter, zog, als ich ihn kommen sah, im Muff den Handschuh herunter.

Ja, meine liebe Ellen – du hast's getan.

Er begleitete mich die paar Schritte zu unserer Wohnung, sprach unbefangen und vernünftig. Ich hielt meine Hand im Muff verborgen. Fragte, ob er nicht heraufkommen wolle und eine Tasse Tee nehmen.

Er dankte, kam aber doch in den Hausflur, ein, zwei Treppen mit hinauf.

Dann verabschiedete er sich, und ich gab ihm die Hand, die eisig geworden, denn es war sehr kalt.

Und er küßte sie wieder so vorsichtig, als sei sie glühendes Eisen.

»Wie weiß die Hand ist. Sie werden Ihre Finger erfrieren, wenn Sie keine Handschuhe tragen«, sagte er und rieb sie ein wenig zwischen seinen beiden großen Tatzen.

Wir sahen uns an und lachten.

Dann betrachtete er ernsthaft meine Hand, ich wollte sie fortnehmen. Er sagte: »Wissen Sie, gnädige Frau, daß Ihre Hände einen völlig anderen Charakter haben als Ihr Gesicht? Zu Ihren Händen habe ich Vertrauen. Vor Ihrem Gesicht könnte man sich fürchten.«

»Sie sind sehr freundlich, Herr Richter.«

»Ja – so, wie Sie mich jetzt ansahen, fürchte ich mich vor Ihnen. Und ich bin doch kein feiger Mann.« Leise fügte er hinzu: »Sie werden keine glückliche Frau bleiben.«

Warum hat er mir das zu sagen? Ich habe höhnisch gelacht und ihn stehen lassen. Nun freue ich mich, daß ich das Seltsame überwunden habe.

Er ist doch ein schlechter Mann. Er ist Fritz kein guter Freund ...

* *
*

Auf den armen Jacobus war Fritz eifersüchtig – Übrigens ist er auch jetzt in einem Zustand fortwährender Unzufriedenheit, er weiß nur nicht, wohin er sie konzentrieren soll. Ich ahne nie, wenn ich ihm »Guten Morgen!« sage, ob ich eine Antwort erhalte. Und dann kommt er doch wieder ... Und ich sehe, daß er widerwillig kommt, daß er sich schämt ...

Neulich – nachdem er mich den ganzen Tag keines Wortes gewürdigt hatte, habe ich ihn wütend von mir gestoßen, bin im Hemd herausgesprungen und habe mich in meinem kleinen Zimmer eingeriegelt. Die Nacht, zitternd vor Kälte, unter der kleinen Chaiselongue-Decke verbracht. Natürlich rasender Husten, Schnupfen, Fieber als Folge.

Ich glaube, Fritz hätte mich am liebsten geprügelt.

Wieder einige sehr, sehr heftige Auftritte.

»Ich will nicht!« habe ich ihn angeschrien. – »Hörst Du? Ich will nicht! Wenn Du mich beleidigst, so hasse ich Dich, und einem Mann, den ich hasse, tue ich nichts zuliebe!«

»Weißt Du denn nicht, Ellen, daß Du mich täglich in meinem Geschmack, in allen meinen Gefühlen beleidigst?«

Und meine wahnsinnige Eitelkeit und Vergnügungssucht! Mein auffallendes Wesen in Gesellschaft – und daß man mich für ein Original halte, was gleichbedeutend sei mit halber Verrücktheit.

Und daß man mich einladet aus Neugier auf meine Tollheiten ...

Endlich sind wir übereingekommen, daß wir in diesem Winter nicht mehr ausgehen, ich müsse meine Gesundheit schonen.

Welche Farce! Ich mich schonen? Wozu denn? Zu Grunde richten möchte ich mich.

* * *

Nachmittags-Gottesdienst in einer Kirche, an der ich vorüberging. Ich hinein, mich in einen dunklen Winkel gesetzt. Nur wie ein undeutliches Hallen drangen die Worte des Predigers zu mir. Versuchte zu beten. Geweint, geweint.

O Gott, mein Heiland! Warum bist Du mir so fern gerückt, mein Erlöser? Warum leidest Du, daß böse Gewalten, vor denen mir graut, Herr über mich werden?

Warum schenkst Du mir nicht, worauf mein Herz so sehnsüchtig hofft, was mich entsühnen und heiligen soll?

Harre meine Seele – harre des Herrn!

Wie eine Offenbarung sank es aus dämmernden Wölbungen zu mir nieder. Stille halten ... Sich demütigen.

Nichts, nichts mehr wollen. Nur ein Gefäß sein für Gottes Gnade! Nur eine Blume, die den Kelch öffnet und den Tau der Nacht empfängt.

Es war so schön, so still und friedlich. Mir war, als wäre ich von schwerer Krankheit genesen.

Träumend bin ich heimgegangen, nur an das Eine habe ich gedacht. Und es war so stark – es trug mich. Ich war nicht mehr auf der Erde. Nichts konnte mich anfechten.

Ich war ganz allein, und es war mir lieb so. Fritz blieb lange in der Klinik.

Ich sorgte für ihn, als er kam, wie er's gern hat.

Er bemerkte es wohl, äußerte aber nichts, saß müde und schweigend am Kamin.

Ich konnte vor ihm knien, meinen Kopf über seine Knie beugen und ihn bitten, mich an sein Herz zu nehmen.

Ich glaube, er hat mich verstanden.

Ich fühle eine große Sicherheit, daß es nun geschehen muß.

Ehe und Liebe sind zweierlei. Haben nichts miteinander zu schaffen. Das ist der große Irrtum, unter dem wir alle leiden. Ich glaube, Nun kann ich Fritz eine gute Frau werden. So aus einer tiefen, großen, heiligen Entsagung heraus. Aus dem Willen zur Ehe heraus.

* *
*

Uglandy hat neue Bilder ausgestellt. Ich habe sie nicht gesehen. Habe es über mich gewonnen, sie nicht zu sehen. Mir ist wohl, daß auch diese Macht gebrochen ist. Es liegt ein tiefer Sinn in dem Wort von den Armen im Geiste, die das Himmelreich erben werden. Und eine Süßigkeit in der Opferung des eigenen Geistes.

Ich wollte, ich könnte mich noch mehr, noch tiefer beugen, ganz im Staube liegen.

* *
*

Gestern habe ich Fritz die Stiefel ausgezogen, und das war mir so ein liebes Symbol. Er war, glaube ich, ein bißchen verlegen. Aber daneben doch ganz behaglich. Er streckte sich zuletzt so paschahaft. Da kommt schon wieder diese verruchte Kritik.

* * *

Ich lade Paul und Bertha jeden Sonntag zu Mittag ein. Und spreche mit Bertha über häusliche Dinge. Nur klein werden, ganz klein, Du unbändiges Herz. Bertha macht ihren Mann glücklich. Was willst Du Dich überheben?

Letzthin fand sie Pascals *Pensées* auf meinem Nähtisch. Sie blätterte drin. Ich konnte nicht anders, mußte sie beobachten.

»Du willst wohl den Leuten weis machen, daß Du so hohe Dinge liest, Ellen?« lachte sie mit ihrer spitzen Stimme, die mir weh tut.

»Ich dachte dadurch in Deiner Achtung zu steigen«, sagte ich bitter.

»Na, mir gegenüber kannst Du Dir solche Ziererei schenken ...«

Die Brüder haben viel Ähnlichkeit. Nur ist bei Fritz alles ein wenig verfeinert. So daß man denken könnte ... er wäre von ganz anderer Art. Wenn man ihn mit Paul zusammen sieht, macht man sich keine Illusionen mehr.

Aber es sind pflichtgetreue, vortreffliche Menschen.

* * *

Ich lebe so dumpf hin. Am wohlsten ist mir, wenn ich schlafe. Eine unermeßliche Müdigkeit liegt wie ein Schleier über meinem Geiste, über meinem Empfinden. Doch ist es mir ganz lieb so. Die kurzen Tage, die dunklen Morgenstunden, Regen und Nebel und Nebel und Regen ...

Gern wandere ich in der Dämmerung die Straßen entlang, die sich dann so endlos dehnen, als müsse am Ende das graue Chaos selbst uns aufnehmen. Am Hafenplatz, wo die hohen Krahne gespenstisch in den Nebel ragen und die Schiffe in dem dunklen Wasser liegen, da kann ich lange stehen und sehen, wie die Laternen zitternde Feuerstreifen auf die schwarze kalte Flut malen. Aber ich komme dann so traurig nach Hause – so traurig, daß ich mich kaum die Treppen hinauf schleppen kann.

Warum leben wir? Warum?

Und die Angst wird immer größer. Diese unbestimmte Angst, als ginge ich immer weiter fort von meinem eigentlichen Leben, und kann es doch nicht andern.

Dies Furchtbare, daß wir vielleicht sterben und niemals erfahren haben, was unsere eigentliche Bestimmung gewesen wäre. Und was unsere Natur verlangte, wonach sie schrie und hungert, und was sie nie bekam …

* * *

Habe ich etwas Schreckliches getan? Ich weiß nicht, weiß es wahrhaftig nicht …

Ich wäre Jacobus Sieveking fast um den Hals gefallen, als er mit seinem langen Lodenmantel – einem abgelegten von Papa – in der Tür erschien.

»Ja, freuen Sie sich denn wirklich so?« fragte er ganz verwundert. »Ich dachte, Sie wollten überhaupt nichts mehr von mir wissen. Sie hatten ja nie mehr Zeit für mich.«

»Ach, Jacobus, seien Sie doch nicht dumm, das geht doch so …«

Und wir schwatzten und schwatzten und lachten wie die Schulkinder über Dinge, die kein Mensch sonst komisch finden würde.

Er brachte mir einen jungen Vogel, den er mit Aquarellfarben auf ein Blättchen gemalt hatte, einen jungen, nackten, hilflosen Vogel, mit einem großen Kopf. Von welkem Lide halbbedeckt ein Auge darin, mit einem Ausdruck müden, hoffnungslosen Kummers, und auch um den Vogelschnabel so wehmütig vergrämte Züge. Unergründlich komisch und zugleich so ergreifend! Wie ich so etwas genieße!

Zuletzt habe ich ihm das Blatt abgekauft, schüttete all mein Wirtschaftsgeld vor ihm auf dem Tische aus. Er war selig.

»Nun kann ich heute Abend ins Café. Da sehe ich Uglandy. Er sitzt immer mit Dörner und Schärebeck am Tische neben uns. Ein famoses Kleeblatt.«

Ich bekam einen glühenden Kopf und eiskalte Hände. Meine Lust erstickte mich fast. Ich habe nichts gedacht. Nichts gewollt. Gott ist mein Zeuge. Jacobus sagte auch:

»Ja, mit uns reden sie aber gar nicht, das müssen Sie sich nicht etwa vorstellen. Wir sind doch in den Augen von denen nur grüne Jungen.«

Ich bettelte nun weiter, er solle mich mitnehmen. Und überhaupt könne er mich doch nicht hindern, ins Café zu gehen und da zu Abend zu essen, wenn ich wollte. Dann ginge ich eben allein.

Unterwegs in der Pferdebahn sagte Jacobus plötzlich:

»Wird Ihr Mann sich nicht ängstigen, wenn er gar nicht weiß, wo sie geblieben sind?«

Da kam ein großer Schrecken über mich. Und zugleich etwas wie Wut und Bosheit gegen Fritz. Ich freute mich, daß er sich ängstigen würde.

Und er hat mir doch nie etwas Böses getan.

Warum dachte ich denn nur mit solchem gallenbitteren Abscheu an ihn?

Ich haßte ihn, weil ich die Seligkeit, daß ich nun bald Uglandy sehen würde, nicht rein und froh genießen konnte.

Wir haben lange gewartet. Wohl bis gegen zehn Uhr. Jacobus bestellte etwas zu essen und bezahlte stolz von dem Gelde, das ich ihm eben gegeben hatte. Und ich glaube, ich habe sehr viel geschwatzt mit den zwei Freunden von ihm, die noch da waren, ich erinnere mich aber an nichts mehr.

Schärebeck und Dörner saßen lange allein. Von Schärebeck kannte ich Gedichte, sehr merkwürdige Sachen.

Er ist ein kleiner, unproportionierter Mensch mit großen Ohren und einem aufgeregten, schmerzlichen Gesicht. Dörner fein und geckenhaft. Mode 1830.

Natürlich waren sie längst aufmerksam geworden und flüsterten über uns. Schärebeck beobachtete mich und ich ... Ja, Fritz, du hast recht, tausendmal recht, ich bin ein verflucht kokettes Weib. Ich kann es nicht lassen – ich weiß es aber immer erst nachher, wenn ich's getan habe.

Und das alles geht so nebeneinander und durcheinander: das Warten, das angstvoll glückliche, und das Versuchen, das heißt ein Versuchen ist's ja gar nicht, es ist einfach ein Rausch. Ich redete über seine Gedichte, ganz laut und ungeniert, als hätte ich keine Ahnung, daß er da nebenan saß, mit dem Ellbogen fast an meinen Stuhl stieß.

Kritisierte, schimpfte, moquierte mich, ließ dazwischen durchblicken, daß ich im Grunde genommen doch viel davon hielt ... Jacobus und seinen Freunden natürlich zum höchsten Gaudium.

Endlich ging es doch über Menschenkräfte. Herr Schärebeck mußte an unsern Tisch kommen und um Feuer bitten. Ich zündete ein Streichholz an, hielt es ihm entgegen und lachte ihm ins Gesicht.

Und die ganze Tafelrunde brach in ein schallendes Gelächter aus. Schärebeck lachte mit, wollte mir die Hand küssen, und plötzlich mitten in dem Gelächter stand Uglandy da. Ich war so enttäuscht. Er sah verdrossen, ja verdrießlich aus und schwächlich, und eine Narbe lief ihm an der Wange hinunter, oder war's nur eine tiefe Gramfurche, sie entstellte sein Gesicht. Sein Mund war geradezu häßlich, wie der eines Negers.

Er stand mir gegenüber, an der anderen Seite des Tisches, hinter Jacobus, blickte gleichgiltig verweisend über unsere Lustigkeit hin und setzte sich, ohne Schärebeck zu begrüßen, an den Nebentisch zu dem jungen Dörner, der leise flüsternd mit ihm sprach, aber keine Antwort erhielt.

Das Bier, welches der Kellner vor ihn setzte, ließ er unberührt. Alles war plötzlich still geworden und wie bedrückt durch seine Gegenwart. Einer von Jacobus' jungen Freunden überließ Schärebeck den Stuhl neben mir, und der rief zu Uglandy hinüber:

»Ich bin hier eben in einer Weise mitgenommen worden, daß ich mich verteidigen muß ...«

»Ich denke, es gilt nicht für guten Ton, sich gegen Kritiken zu verteidigen«, stachelte ich.

Uglandy hatte nur eine kühle Handbewegung gemacht, die besagt, daß er ihm Urlaub gäbe, aber auch, daß er nicht wünsche, weiter an der Sache beteiligt zu werden. Er verschränkte die Arme und blickte schweigend vor sich nieder.

Meine Brust war wie wund, mein Hals, meine Augen brannten von ungeweinten Tränen.

Das war es nun, das ...

»Mein Freund Uglandy«, widerlich wie Schärebeck renommierte: »Mein Freund Uglandy.« Ja, also er sei heute Abend verstimmt, und da sei nichts mit ihm anzufangen. Schärebeck habe es gleich gesehen, beim Eintreten schon ... Nun, dazu gehörte kein besonderer Scharfblick. Daß Uglandy schlechter Laune war, konnte ein Kind sehen.

»Sie lieben doch seine Bilder auch, Gnädige?«

»Ich kenne wenig«, log ich. »Sie sagen mir nichts Besonderes.«

Das konnte er nicht begreifen. Rezitierte mir halblaut ein paar Verse, die er auf das Mädchen mit der Blume gemacht hat.

Ausgerechnet auf mein Mädchen mit der Blume ...

Ich konnte mich nicht mehr halten, die Tränen stürzten, ich war wie zerrissen, ich saß, stützte den Kopf und hielt die Hand vor die Augen, daß er's nicht sehen sollte.

Und dann fuhr ich auf und rief Jacobus zu, ich müsse nach Hause, und stürmte fort.

Jacobus atemlos hinter mir her, er hatte noch bezahlen müssen.

»Was haben Sie nur, hat Sie jemand beleidigt?«

Ich schüttelte nur den Kopf.

Wir sprachen kein Wort auf dem Heimweg.

Fritz war noch nicht da. Aber er war zu Hause gewesen in der Zwischenzeit, hatte den Rock gewechselt. Ich sah es, als ich zu Bette ging. Er hat kein Wort der Erklärung über mein Ausbleiben verlangt.

Natürlich wollte ich ihm alles erzählen. Aber wenn er nicht fragt, tue ich's nicht.

Das war es nun – das …

* * *

Ich habe Uglandy gesehen, und das Leben schleicht doch so weiter, immer so weiter – wie gestern und vorgestern.

* * *

Dr. Richter geht nach Bombay, um die Pest zu studieren. Fritz erzählte es mir.

Nach Bombay – so geradeswegs in den Tod …

»Ja, wenn der Ehrgeiz die Menschen beim Schopfe packt«, sagte Fritz ganz kaltblütig.

Der Ehrgeiz?

Ich hatte Richter immer für einen nüchternen Menschen gehalten.

Könnte ich ihn um Verzeihung bitten, ehe er geht!

Fritz setzte mir auseinander, daß Richter immer ein Streber gewesen sei, und daß er eben Carrière machen wolle. Und die Pest sei jetzt nun einmal das Steckenpferd der Professoren.

Schärebeck hat mir seine Gedichte geschickt.

»Auferstehung« nennt er sie.

Ich habe das Mädchen mit der Blume gesucht.

Es ist etwas darin – etwas von dem Wunder.

»Einem Menschenkinde« hat er mir aufs Titelblatt geschrieben.

Ob Kunst, reine Kunst einem zur Auferstehung werden kann?

Ich weiß nicht. Ich weiß nichts.

Wenn Kunst zur Mutterschaft wird, neues Leben tragend und gebärend.

Aber wie viele sind ihrer, in denen Kunst so fruchtbar wird?

Ich sehne mich … Ich sehne mich …

Muß ich auch meine Sehnsucht töten?

Muß ich in den Lumpen meiner zerrissenen Ideale bettelnd knien am Thron des Lebensschöpfers?

Wie tief soll ich mich demütigen, damit ich erhört werde?

* * *

Richter ist abgereist. Ohne Abschied. Er hat es nicht versucht, mich noch einmal zu sehen.

Wenn es doch der Ehrgeiz wäre, der ihn fortgetrieben hat? Wie sich das nun in seiner Seele vermischen wird – das ganz Große und das ganz Kleine. Stirbt er, so stirbt er der Menschheit und ist ein Auferstandener, ein Großer – kehrt er aber wieder, so trägt das Kleine den Sieg davon und er bekommt eine gute Stelle bei der Bakterienstation ... Ich wollte, er stürbe. Wahrhaftig – für ihn wollt ich's.

* * *

Schon fühle ich, welche große Gemütserleichterung es für mich wird, daß Richter nicht mehr in Berlin ist.

Ich mochte den Mann nicht. Fritz wußte das und wollte nicht, daß Richter viel zu uns ins Haus kam, weil er den Argwohn hatte, Richter mißbillige seine Heirat mit mir und finde mich lächerlich. Richter – der einzige, auf den Fritz nicht eifersüchtig war!

* * *

Jacobus Sieveking habe ich wirklich lieb. Und Schärebeck interessiert mich rasend.

Und Uglandy –?

Doch habe ich immer die Empfindung, sie gehören in ein ganz anderes Leben, als in mein Eheleben. Als könnte ich noch tausendmal mehr Gedanken und Begeisterung an sie verschwenden, und nehme doch Fritz nichts von dem Seinen.

Richter war der einzige, der das Böse in mir weckte – das Gefährliche – das Verfluchte ... Und wäre Richter hier geblieben – er hätte in meine Ehe eingegriffen ... Wir wußten es beide. Aber geliebt hatte ich ihn nie – gehaßt, verabscheut hätte ich ihn.

Und ich wünschte, er stürbe einen schauerlichen Tod! Ja, das wünsche ich. Um meinetwillen. Als könne er mich damit entsühnen. Armseliges Ungeheuer, ich!

Warum gehe ich nicht und pflege die Pestkranken? Bußgänge tun und nächtelang auf den rauhen Steinplatten alter Kirchen die müden Knie wund reiben – sich geißeln, daß das Blut strömt ... es liegt ein tiefer Sinn in all den Dingen ... Heimkehren können zu sich selbst und die Bürde abgeworfen haben ...

Sich rein und frei fühlen ...

* *
*

Ich frage: »Fritz – was würdest Du tun, wenn Du hörtest, ein anderer Mann sei in mich verliebt?«

»Mich freuen, daß er so guten Geschmack hat.«

»Deine Frau ruhig seiner Leidenschaft aussetzen?«

»Dummes Zeug – Leidenschaft –! Was Ihr Frauen Euch einbildet. Männer haben heutzutage gar keine Leidenschaften mehr. Du hast ja keine Ahnung, wie Männer solche Sachen auffassen. Wo ihnen die Geschichte nicht sehr bequem gemacht wird, da hüten sie sich schon.«

»Pfui, Fritz.«

»Ich wollte, ich könnte Dir endlich etwas Nüchternheit in der Beurteilung von Menschen beibringen. Übrigens, was ich Dir bei der Gelegenheit sagen will, Ellen – ich lasse nicht mit mir spaßen.«

»Du widersprichst Dir in einem Atem dreimal, mein Lieber. Eben wünschest Du einem Manne, der mich liebt, Glück zu seinem guten Geschmack, und dann wirst Du feierlich wie ein Dorfschullehrer, wenn die Jungens in seinen Pflaumenbäumen gesessen haben. Ich wundere mich nur, daß Du mir noch keine Rute mit heimgebracht hast. So eine mit bunten Papierflitterchen, wie sie Weihnachten an den Straßenecken ausgeboten wurden. Ich glaube, die alten Ritter hatten immer Ruten für ihre Hausfrauen bereit und stäupeten sie väterlich Sonntags vor dem Kirchgang.«

»Ja – es ist sehr vom Übel, daß diese Sitte abgekommen ist«, sagte Fritz ernsthaft. »Die Nervenheilanstalten wären sicherlich nicht so gefüllt, wenn sie noch bestünde.«

Sonderbar – solche Gespräche Man lacht miteinander, und doch ist heimliches Gift und ein Untergrund von Bosheit in jedem Wort.

* *
*

Am Kanal hinuntergegangen, bis dorthin, wo er einsam wird, an den Schleusen.

Ein dünner, kalter, grauer Nebel war in der Luft, die Landschaft schwer und ernst, nicht wie lebendige Natur; in der gemauerten Böschung ruhte das Wasser ohne Bewegung, wie geschmolzenes, schwarzes Eisen, der Himmel als lichtlose Bleidecke darüber. Und die Bäume aus dunklem Erz, monumental, scharf ausgeprägt in ihrer Form, in jeder Verzweigung des Geästes – an den Stämmen grünlich-bronzene Patina der Winterflechten. So standen sie in endloser Eintönigkeit an dem finsteren Gewässer entlang. Wenig Schnee, der das Gewirr der dunklen Äste noch mehr hervortreten ließ. Eine Totenlandschaft, wo die Wagen fuhren, die Menschen vorübereilten, wie Schemen, die sich in ein feindlich unheimliches Reich verirrt haben, aus dem sie in banger Hast sich retten müssen.

Und ich ging immer weiter, tauchte immer tiefer in die Schauer dieser dunklen Winterwelt, bis ich in ihr allein war, bis ich ihre starre Größe ganz genoß.

Weit draußen auf einer der Brücken stand ein Mann und blickte gleich mir auf das eisige Gewässer, das zwischen den hohen kahlen Erzbäumen sich hinzog ohne Ende, ohne Erlösung ...

Ich beachtete den Mann lange nicht. Endlich machte er eine Bewegung und sah mich an. Es war Uglandy. Etwas Bedrücktes, Müdes, Trostloses lag in seinem Gesichte und in seiner Haltung.

Nicht der berühmte Künstler, der Zauberer blühender Farben. Nicht der Siegreiche. Der Mensch, der unter einem schweren, ernsten Schicksal steht.

Es war Ehrfurcht und Zurückhaltung in meiner Seele.

Wir wendeten uns beide zum Gehen. Ich blieb zurück, und er schritt langsam mit gesenktem Kopf vor mir her eine lange Weile in dem grauen kalten Nebel.

* *
*

Ich habe Schärebecks Gedichte an Papa geschickt. Und das Wunder geschah, Papa hat einen von den »Jungen« anerkannt!

Echte, lyrische Kraft – zuweilen formlos, aber voll von Gefühl für den Klang der Sprache u.s.w. Hat selbst an Schärebeck geschrieben. Der kam mit dem Brief zu mir. Ein paar schöne Stunden. Über tausend Dinge geredet und gestritten. Er ist ein geistreicher Mensch. Keine Frage. Wenn nur dieses Dürftige, Proletarische ihm nicht anhaftete. Nicht Hirtenbub oder Bauernjunge, sondern Großstadt-Proletarier. Das ist das Böse. Aus seinen Kleidern steigt der Dunst ungelüfteter Stuben. Seine Hände sind immer feucht und kalt.

Ich reiche ihm, wenn er kommt, meine Finger mit einer Art von Heroismus.

* * *

Etwas Merkwürdiges geschah heute mittags. Ich stand mitten im Zimmer und tat – ich weiß nicht mehr was. Und plötzlich kam ein heller Schein auf die Tapete und bis ins tiefe graue Zimmer zu mir und fiel auf meine Hände. Die Sonne. Seit Tagen, o mein Gott, seit Wochen zum ersten Mal wieder die Sonne. Eine rührende, blasse, kränkliche Sonne, umgeben von milchfarbenen Dünsten und Gewölk.

Aber ich hätte fast geschrien vor Glück. Und flog nach Hut und Mantel und hinaus und hatte recht. Es wehte linde über all den Straßenschmutz, ein Hauch von Frühling – so eine holdselige Wärme. Es ist zu früh.

Man weiß ja, es kann noch nicht so bleiben, es ist nur eine liebe, kurze Täuschung. Und doch genoß ich sie so innig – die liebe, kurze Täuschung. Und gleich wimmelte es auch von Kindern auf allen Straßen um mich her, so viele, so viele, wie Veilchen im Frühlingsgrase. Mit ihren dicken Mäntelchen und Gamaschen und Gummischuhen stapften und wackelten sie durch das braune, häßliche Eiswasser. Und ganz Kleine, Süße saßen im Wägelchen und guckten aus wonnigen, großen, dummen Augen um sich her in die Welt.

Zuletzt konnte ich den Anblick nicht mehr ertragen, ging nach Hause und weinte mich satt.

Fritz kam dazu, war lieb und nett, und bewies mir mit tausend ärztlichen Gründen, daß ich doch nicht zu verzagen brauchte, und daß wir ja kaum ein Jahr verheiratet seien, und daß er mich nächstes Frühjahr in ein Stahlbad schicken wolle.

Ich bin ja auch dumm mit meiner unsinnigen Ungeduld.

Ich fürchte mich so sehr – ich fürchte mich vor mir selbst.

Wir saßen nachher so freundlich beisammen, wie seit langem nicht. Fritz erzählte mir einiges aus der Klinik, das ist ein Beweis von besonderem Vertrauen, und ich nehme es immer hoch auf. Es war friedlich und still zwischen uns. Da fragte er mich plötzlich, wo ich neulich abends gewesen sei.

Ich weiß ja, wie schwer ihm solch Fragen wird. Ich war ganz vergnügt und schilderte ihm ausführlich den ganzen Abend und lachte über mich und Schärebeck und Uglandy – und wie Uglandy gar nichts hätte von mir wissen wollen.

Fritz schüttelte ein paarmal den Kopf und lächelte ein bißchen mühsam. Sein Hm, hm ist immer ein Zeichen, daß ihm die Geschichte peinlich wird.

Zuletzt sah er mich prüfend an und meinte trocken: »Hat denn jetzt die liebe Seele Ruhe? Oder hat nun Schärebeck den Uglandy in Deinem Herzen verdrängt?«

Ich stutzte. Klang es gutmütig oder war ein Hauch von Verachtung im Ton?

Ich wurde plötzlich wieder unsäglich traurig. Als hätte ich einen Verrat begangen – aber nicht an Fritz.

So ist es immer. Nähern wir uns vorsichtig tastend, gleich sind wir weiter entfernt, einer von des anderen Seele denn je.

* *
*

Trotz aller guten Vorsätze bin ich wieder mitten im Strudel. Diesmal war Lie von Stolpe die Ursache. Sie kam als Vorstandsdame eines Vereins für arme, verheiratete Wöchnerinnen, mich zu einem Bazar aufzufordern. Ganz was Besonderes. Halb Bazar, halb Künstlerfest. Unter Protektion der Kaiserin, was Vornehmeres giebt's nicht. Fritz sah mir die Lust am Gesicht an und gab seine Einwilligung mit ziemlicher *bonne grace*.

Ich habe mich amüsiert wie selten in meinen: Leben. Müßte mich belügen, wenn ich's leugnen wollte.

Und immer wieder frage ich mich: Was haben die Leute nur an mir? War es, weil eine unter all der Blüte von Schönheit und Eleganz und Raffiniertheit es gewagt hatte, nicht mit den Orientalinnen und Rokoko-Chokoladièren und feschen Bäuerinnen konkurrieren zu wollen, daß ich mich mit Hintansetzung jeder Eitelkeit zu einer richtigen alten, ramponierten Jahrmarktströdelhexe hergerichtet hatte? Jedenfalls fühlte ich mich wundervoll behaglich in meiner Verkleidung. Und wenn ich die Macht wittere, die ich über die Leute ausübe, dann werde ich immer toller und waghalsiger, und es ist förmlich eine Sucht in mir, mich nach allen Seiten zu verschwenden. Von meinen Altertümern ist nicht ein Stück in der Bude geblieben. Märchenhafte Summen habe ich den Leuten abgeschwindelt. Belagert haben sie mich, um meine Faxen zu sehen und meine Witze zu hören. Wenn ich's jetzt bedenke, habe ich gar nichts Witziges gesagt. Aber die hohen Herrschaften haben gelacht, wie es eigentlich für hohe Herrschaften ganz unanständig ist, zu lachen. Selbst Uglandy habe ich zum Lachen gebracht. Und wie!

– – Da klingelt's.

Und gestern hat's den ganzen Tag geklingelt. Die Leute stürmen mir das Haus ...

* * *

Ich könnte mich totlachen. Und ich finde es verrückt und lustig, daß ich mit einem Schlage eine berühmte Frau geworden bin! Ohne das hohe C zu singen, ohne ein Buch geschrieben oder ein Bild gemalt – oder einen Millionär geheiratet zu haben.

Armer Fritz ... Er weiß nicht, soll er sich geschmeichelt fühlen oder ärgerlich sein.

Und er kann doch alten Gräfinnen und so Leuten nicht das Haus verbieten, wenn sie kommen und lieb zu mir sind und mich bitten, bei ihnen zu verkehren, als sei ich Gott weiß was.

»Ich sehe ja, daß Du's brauchst«, sagte er resigniert.

Als Mädchen habe ich's nicht gebraucht. Habe einsam gelebt wie nur eine.

Doch jeder neue Tag war angefüllt mit neuen Abenteuern meiner Phantasien, die durch Wälder und Auen schweiften, gleich den irrenden Ritterfräulein des Ariost.

Wer durfte meinen Träumen wehren, daß sie als freie, wilde Vögel durch die Lüfte auf Beute stießen?

O, daß in der Ehe auch das Träumen Sünde geworden ist ...

* * *

Bertha wirft mir »Streberei« vor und »Angeln nach vornehmen Bekanntschaften«.

Sie findet, die Aristokratin kommt eben doch heraus ... Zu dumm – unser Adel, der vor Heraldikern nicht einmal mit besonderen Ehren bestehen könnte!

Doch habe ich meinen Mädchennamen geliebt: »Ellen von der Weiden« – es klingt wie eine alte Romanze. Mir gab's anfangs stets einen Stich, wenn man mich Frau Erdmannsdörfer anredete.

Neulich hat mich jemand bei einem »Jour« gefragt, ob mein Mann nun bald Professor würde ... Mit einer kleinen Frau, die so sehr der Liebling der Gesellschaft sei, könne es ihm ja nicht fehlen. Wird denn das wirklich so gemacht?

Ach, wie schlecht man mich kennt. Ich und einen Intriguenplan überlegt und kaltblütig durchführen ... Du lieber Gott, da überschätzen die Leute mich. Oder sie unterschätzen mich.

Sie unterschätzen auch Fritz. Auf solchem Wege zum Ziel kommen – er würde sich bedanken.

Aber was mir einen Teufelsspaß macht, ist dies: Bei Millionären, wo der Diener mit der Würde eines Fürsten uns den Mantel abnimmt, und alles in Diamanten protzt, in meinem »Schwarzseidenen« zu erscheinen, mit meiner Konfirmations-Broche. Und einem alten, fetten, Geheimen Kommerzienrat Kartoffelsalat mit kaltem Aufschnitt und rote Grütze vorsetzen.

Und die Komtessen Weihersberge mit Sieveking und Schärebeck zusammen einladen – und die graziöse, blonde Professorin Heidenbruck, die das Modernste an Ästhetizismus repräsentiert, mit Schwägerin Bertha zusammenzubringen, und dann noch einen Garde-Lieutenant dazu. Und mich über sie alle miteinander lustig zu machen! Aber, Gott weiß, wie's zugeht, sie amüsieren sich besser als in ihrer steifleinenen Welt voll Rubriken und Schachteln.

Der Geheime Kommerzienrat hat mich nach der roten Grütze, die total mißlungen war – roter Griesbrei – in eine Ecke genommen und mir versichert, er sei mein Freund, und wenn Fritz einmal Gelder anzulegen habe, solle ich mich nur an ihn wenden, er könne uns da manches raten. Ich fragte, ob er sich auf die Weise für die rote Grütze rächen wolle? Ich würde mich hüten, ihn in Versuchung zu führen. Und die blassen, spitzen Komtessen sind aus sich herausgegangen; die älteste begann sogar regelrecht mit Schärebeck zu kokettieren. Am wenigsten glückte der Abend mit Bertha. Da war alles unharmonisch. Natürlich, denn ich war innerlich nicht frei.

Fritz wird von Bedenken geplagt, ich müsse mir mehr Toiletten anschaffen. Aber dagegen habe ich energisch rebelliert. Man muß nicht konkurrieren wollen. Die Saison ist ja längst vorüber. Ich habe den Argwohn, daß die Leute deshalb so dankbar sind, noch eine neue Sensation gefunden zu haben.

Täglich wird irgend etwas vorgenommen. Theaterbesuche, Wintergarten, Cirkus, je nachdem der Kreis gerade gefärbt ist, ein bißchen mehr Litteratur, ein bißchen mehr *Haute finance* oder Aristokratie. Nachher irgendwo gegessen. Dabei ist Fritz natürlich meist beteiligt, nur wenn eine energische Lady Patroness mich unter ihre Fittige nimmt, entläßt er mich auch allein. Morgens trifft man sich in Ausstellungen. Nachmittags sind Besuche da. Zum Träumen habe ich keine Zeit mehr.

Nur die Morgenstunden sind grau, ekelhaft. Sich zum Hanswurst für alle Welt zu machen ...

* *
*

Die Saharet tanzen sehen ... Es ist eine Erschütterung, die mir ins Tiefste geht. Alle anderen sind dumm und flau ... Immer höre ich den wilden Vogelschrei, mit dem sie nach dem letzten tollen Wirbel ihren Schuh ins Publikum schleudert.

Zwölf Kinder gebären und sterben, wie Sievekings Mutter – oder sich Abend für Abend in tollen Tänzen ausrasen, wie die Saharet ... Das nenne ich Leben.

* *
*

Jacobus Sieveking und Schärebeck haben sich nun öfter bei mir getroffen. Sie sind köstlich miteinander, Schärebeck spielt sich auf geistiges Kraftprotzentum aus und verletzt Sieveking durch seine übergroße Gesundheit – das arme dünne, elende Kerlchen. Trotzdem mögen sie sich gern, und Schärebeck hat mir versprochen, Uglandy für Jacobus zu interessieren. Es ist auch gelungen. Jacobus soll bei Uglandy im Atelier zeichnen usw. Er ist kindlich glücklich, mir so dankbar, obwohl er Dankbarkeit für einen vollständig überwundenen Begriff hält.

* *
*

Wieviel ich jetzt von Uglandy höre: daß er nervös und unberechenbar ist und seit Monaten nicht mehr arbeitet. Daß er eine Geliebte hat, die er demnächst heiraten wird.

Daß er sehr gut und nett zu Sieveking ist und gar nicht berühmter Mann im Verkehr mit ihm. Und daß Jacobus der glücklichste, seligste der Menschen ist – das ist das A und O aller Berichte.

Seit mir Uglandy auf diese Weise näher gerückt ist, scheint er mir viel ferner. Alles, was ich über ihn höre, tönt wie aus einer anderen Welt zu mir und hat einen leblosen Klang. Es interessiert mich oft gar nicht.

* * *

Heute hatte ich einen Besuch, der mich ganz zerrüttet hat. Frau Randell, die ich seit Monaten nicht gesehen, war bei mir. Ihre Scheidung ist eingeleitet. Der Mann hat es durchgesetzt, und die Kinder verliert sie auch, er tut sie in Erziehungsanstalten.

Wie hat die Frau geweint – es war schrecklich mitanzusehen.

Und doch ... ich weiß nun von gemeinsamen Bekannten, daß der Mann fast zu Grunde gegangen ist an ihren Launen, ihrer krankhaften Unruhe, daß es schließlich für ihn noch das Erträglichste war, sie jagte von Heilanstalt zu Heilanstalt, obschon sie doch wußte, daß ihr kein Arzt helfen konnte.

Wo ist da Recht und Unrecht?

»Wollen Sie denn nun noch mit mir verkehren?« fragte sie mich bitter, fast höhnisch. »Mit einer geschiedenen Frau? O, ich war auch einmal so in der Gesellschaft wie Sie: Liebling und bewundert,

verwöhnt Jetzt speiet jeder vor mir aus! Wo soll ich denn hin, was soll ich denn beginnen, wo mich verkriechen? Wie einen räudigen Hund sollte man mich totschlagen und einscharren! Hätte er mich lieber vergiftet, es wäre barmherziger gewesen!«

Sie ließ mich in einem erstickenden Seelenjammer.

Ist denn das alles wahr? Oder sieht sie's nur so mit ihrer kranken Phantasie? Und wenn sie's so sieht und fühlt – ist es dann nicht Wirklichkeit für sie?

Ich sagte ihr natürlich, an mir würde sie immer eine Freundin haben, und wir küßten und umarmten uns.

Aber es ist schrecklich: mein Herz strömt über von Mitleid, und doch kann ich menschliches Unglück selten als etwas Heiliges empfinden, im

Gegenteil, eine Spur von Verachtung ist in mir, als sei Krankheit und Not eine Schande, eine Schmach. Ich kann sehr gut verstehen, daß man schwere Schicksalsschläge im Altertum als Strafe der Götter für geheime Verbrechen auffaßte und den Betroffenen scheu aus dem Wege ging.

* * *

Fritz ist vor zwei Stunden heimgekommen und hat sich mit starkem Fieber zu Bett gelegt. Er sah schon ein paar Tage schlecht aus. So ein Mann ist doch gleich wie ein kleines Kind, wenn ihm was fehlt. Ein bißchen komisch und doch so rührend in seinem Bedürfnis nach Pflege und nach Freundlichkeit. Wenn's nur nicht bös wird – ich höre ihn hart und rauh husten.

* * *

Eine Lungenentzündung. Da sitze ich in der Nacht, bei der verhängten Lampe, durchs offene Fenster fliegen Schmetterlinge, verbrennen sich an der Flamme und fallen mir zuckend aufs Papier.
    Fritz murmelt unaufhörlich vor sich hin, schlägt mit den Händen auf die Bettdecke. Vierzig Grad ...
    Mein Gott, mein Gott, mir ist so angst!
    Wir gehören doch zusammen! Wie man das gleich empfindet, sobald eine Gefahr im Anzug ist ...
    Ich blättere zurück und lese die vorige Seite. Mein Herz bäumt sich auf gegen das Unglück.

* * *

Der liebe, liebe Mann sitzt wieder aufrecht im Bett. Noch recht blaß – recht hohläugig geworden in den vierzehn Tagen. Aber wie ihm sein Frühstück schmeckt! »Ich wußte gar nicht, daß Du Talent zur Krankenpflegerin hast, Ellen«, sagte er lächelnd ... Es soll nur jemand wagen, irgend etwas für ihn tun zu wollen! ... Und er ist so dankbar, daß ich ihm alles bereite. Die Welt liegt fern, und ferne, was mich quälte.
    Die kleinen Dienste füllen den Tag, und nachts schlafen wir beide so herrlich nach den schweren, angstvollen, durchwachten Nächten.

Der Friede in so einem stillen Krankenzimmer. Ich möchte nie mehr heraus. – Ellen, was schreibst du für Unsinn – ist es nicht schön, zu sehen, wie er sich täglich mehr erholt! Ich meine nur, für mich wäre es der richtige Ort. Ein Krankenzimmer oder ein Kloster – ein ganz strenger Orden. Ich würde mich wohl fühlen in der Klausur. In der Welt, in der Freiheit verliere ich das Gleichgewicht.

* * *

Es ist jetzt eine zarte, liebe Innigkeit zwischen mir und Fritz. Selbst wenn er nörgelt und gereizt ist, wie alle Genesenden solche Stunden haben, bitten seine Blicke und seine streichelnden Hände mich nachher gleich wieder um Verzeihung. Und ich bin glücklich über jedes Zeichen neu quellender, neu sich regender Lebenskraft! So demütig dankbar in dem Bewußtsein, daß er wieder Freude an mir hat! Ich frage gar nicht mehr, ob ich ihn liebe oder nicht ... ich bin eben einfach seine Frau und für ihn da – und es ist gut so.

* * *

Heute Nacht eine Stunde gewacht und Gott gebeten, daß alles so bleiben möge, wie es jetzt ist.
Gott ... Warum hat er mich so widerspruchsvoll geschaffen, sich zum Ärgernis? – Nein, nein, nicht solche Gedanken. Nur stille sein!
Ich bin doch weiter gekommen, bin gewachsen und fester geworden in dieser Frühlingszeit, wo ich kaum etwas vom Blühen und Grünen gesehen habe und doch nichts entbehrte.

* * *

Es ist eigen: in unserem freundlichen Zusammenleben ist etwas Behutsames, eine gelinde Kühle, die weit entfernt ist von Kälte – man könnte es auch Wehmut nennen, was leichtem Nebel gleich uns beide einhüllt. Besonders Fritz hat so etwas Gelassenes, als hätte ich die Macht verloren, ihm noch wehe zu tun, und als sei er förmlich dankbar, daß diese Macht gebrochen. Er hat immer an seiner Liebe zu mir gelitten. Es war mir oft so empörend, zu sehen, wie stark er sie als etwas empfand, das außerhalb seines Verstandeslebens, seines Willens stand. Daraus entstand die feindliche Kälte, die uns immer wieder trennte.

Jetzt ist er mir gut, weil ich ihn gut gepflegt habe, weil ich meine Pflichten als Ehefrau richtig erfüllte.

* * *

Hat Fritz erst noch ein paarmal in der Klinik nach dem Rechten gesehen, so gehen wir in den Harz. Fritz soll sich einige Wochen Ruhe gönnen. Und im August wollen wir Röschens Hochzeit mitfeiern.

* * *

... Ein Buch, das ihm nicht gefällt und mir gefällt, und alles ist wieder aus zwischen uns. Keine Verstimmung – o nein ... meine Seele zieht nur ihre Fühlfäden ein, kriecht in ihr Schneckenhäuschen, sitzt da, still, traurig in sich hineinbrütend. Wie ist denn das möglich? Wenn ich mich über ein Buch aufrege – bis zu Tränen, bis zu Schmerzensschreien – und er fühlt nicht, daß da etwas ist, was mir so viel bedeutet wie ein Erleben ... Ihm ist ein Auch eben ein Buch – ein dummes oder ein kluges Buch, etwas, das ganz außerhalb von ihm selbst bleibt. Und so ist's ihm mit aller Kunst. Zum Anschauen, zum Beurteilen – nicht zum Erleben.

Sehe ich das, dann kommt es mir vor, als hätten wir unser Dasein auf zwei verschiedenen Sternen, und zwischen uns läge der unermeßliche Weltenraum. Sagte er wenigstens: Schade, ich fühle das nicht – und es muß doch schön sein, wenn man den Sinn dafür hat ... Aber sich zum Richter aufspielen: Wir sind die brauchbaren Bürger dieser Erde und ihr ... fahriges, verrücktes Gelichter ...!

Diesmal war's besonders bös. Er nahm's wohl gar persönlich ... Witterte in meiner Schwärmerei für die Frau vom Meer eine gefährliche Sehnsucht nach dem »Wunderbaren« und dem rätselvollen Mann vom Meer. Fuhr über die arme Ellida her! Und nimmt mir übel, daß sie mir nicht verrückt, sondern ganz verständlich und sympathisch erscheint – o, wenn er ahnte, wie sehr ...

Seitdem geht er umher, als trüge er einen unsichtbaren Eispanzer. Mit der Unfehlbarkeitsmiene wird er mir gleich zuwider. Wie ich dann erzittere vor ohnmächtigem Zorn ihm gegenüber.

Mein armes, kleines Mädchenzimmer, wo wir so glücklich waren im letzten Sommer, wo wir uns so fröhlich umschauten, als wir ankamen und nach der Fledermaus suchten, die damals in der Fenstergardine saß.
Wie einsam und jedes für sich in dem engen Raume.
In Berlin waren solche Tage nicht so schwer zu ertragen, Fritz ging früh fort an seine Arbeit. Hier sind wir aufeinander angewiesen. Das ist bös, wenn man sich aus dem Wege gehen möchte.
Jetzt steht er draußen im Garten bei Papa und hilft ihm, die erfrorenen Rosentriebe ausschneiden. Lieber Gott, die Rosen erfrieren fast in jedem Frühling hier auf der kalten Höhe. Papa wird doch nicht müde, immer wieder neue Stöcke zu setzen.

* *
*

Papa ist alt geworden, sehr alt. Ich erschrak, als ich ihn wiedersah. Eine stille Gleichgültigkeit ist über ihn gekommen. Oft sitzt er stundenlang, schaut vor sich hin, ohne ein Wort zu reden. Das ängstigt mich und macht mich traurig. Ist diese müde Stumpfheit immer Ende? Warum dann all die Aufregung vorher? Darin hat Fritz recht. Also – könnte ich einfach vermeiden, mit meinem Mann über Dinge zu reden, die uns unfehlbar aneinander bringen müssen! Die Wochen seither waren doch friedlich.
Es war mir erträglich, seine Frau zu sein. Nein, wahrhaftig, oft fühlte ich mich ganz richtig als »Ehefrau«.
Es war sogar ganz behaglich. Mit einem Teil meines Wesens habe ich Fritz ja lieb. Es ist so bequem, den Rocken, den man einmal auf dem Rade hat, gleichmäßig weiterzuspinnen.
Es ist wohl auch »das Gesunde«.
Aber sei ehrlich, Ellen: Bist du brav und gut und gewissenhaft und treu, dann ... dann ...
O, diese langsam herankriechende Langeweile ...
Alltag in der Seele, Alltag.
Die eingehenden Erörterungen über das Mittagessen, die Ausflüge nach Hühnern und frischen Eiern ... Der Eifer um das Nebensächliche!
Abends Karten spielen mit Papa und Fritz und beide so völlig befriedigt dabei zu sehen! Papa, der nie Karten spielte, läßt sich jetzt durch Fritz in die Geheimnisse dieses Zeitvertreibes einweihen und schimpft nicht einmal mehr über den Lauf der Welt.

Dann die Konferenzen mit Tante Leber und Thessi über Bett- und Tischzeug und Küchentücher ...

Wie wohl Ellida sich später in Freiheit und unter Verantwortung in ihr häusliches Leben zurückgefunden hat?

Ja – da fällt der Vorhang.

* * *

Hätte Fritz von seiner Krankheit nur nicht eine so entsetzliche Furcht vor dem Erkälten zurückbehalten! Es geht so weit, daß er auch mich vor jedem frischen Abendlüftchen behüten möchte und mich fortwährend quält mit seiner Angst, ich könne mir kalte Füße holen. Ich finde das so erbärmlich an einem Manne. Dieses Wichtigtun mit dem armen bißchen Gesundheit. ... Was ist denn das nun weiter? Fritz sagt, es ist alles. Gut, aber dann ist das Leben sehr arm.

Ach, vielleicht ist es wirklich sehr arm, und wir machen uns bloß etwas vor mit all den bunten Farben, die wir um das Knochengerippe hängen.

* * *

Die Brüder Sieveking sind gekommen. Auch ein paar kleine Schwestern, die mit Polterabend feiern wollen. Wir halten den ganzen Tag Proben ab. Ich dichte mit Tante Leber um die Wette; sie das Ergreifende, ich das Komische.

* * *

Jacobus und die Backfische haben mir geholfen, Körbe voll Buchen- und Tannenzweige herbeizuschleppen, unsere Veranda in eine grüne Laube zu verwandeln. Wo wir einst den Vorabend meiner Hochzeit begingen, soll's auch das Abschiedsfest für Röschen geben.

Jacobus ist voll kurioser Einfälle. Wir haben uns gewaltig gezankt um die Festveranstaltungen – er wagt es, sich über meine Pläne schonungslos lustig zu machen. Ich setze es doch durch.

Die Waldwiese hinter dem Hause. Rings das Rauschen der Buchen. Nicht so dumme bunte Papierlaternen, sondern auf hohen Pfählen ein Kranz von Windlichtern, die ein mildes, vornehmes Licht ausströmen, und dann wird auch der Mond aufsteigen. Und in dieser blassen, unbestimmten Dämmerung, von grünen Bogen überwölbt, sitzen sie nun da wie eine Gesellschaft Shakespearescher Lustspielmenschen: die Braut in ihrer wundersüßen jungen Anmut und ihr dicker, von eigener Würde und Vortrefflichkeit aufgeblasener Liebster – der romantische Maler und der romantische Dichter, ehrwürdige Reste einer vergangenen Kultur mit ihren schönen feierlichen Greisenköpfen, rechts und links von Tante Leber, die von ihnen mit einer umständlichen Ritterlichkeit hofiert wird, als sei sie die Königin von Samarkand, und die da thront in ihrem wunderlichen Staat aus giftgrüner Seide, mit einer Art von spanischer Spitzenmantille, und künstlichen Granatblüten aus rotem Schweizerkattun auf dem Kopfe und weißen, baumwollenen Handschuhen. Niemand versteht sich so fabelhaft zuzubereiten wie Tante Leber, wenn sie sich putzt. Und ihr gutes, gutes Gesicht wird vor lauter Rührung seine jämmerlichste Begräbnis-Klagemiene aufsetzen. Und dann wird neben meinem korrekten Fritz, dessen Krawatten in jeder Lebenslage vorzüglich sitzen, der schöne Forst-Mämeke das Waldhorn blasen, der schöne Mämeke – meine erste Liebe – und Jacobus Sieveking den Festordner machen. In jedem Knopfloch eine Blume, die Haare vorgekämmt, hinter jedem Ohr eine Rose, dazu die goldene Brille – so wird er aussehen wie ein toll gewordener Kandidat, und sein Mund wird überströmen von Narrheiten mit geistreichem Sinn. Im Hintergrund aber Choristen und Volk, als da sind: Oberförsters und Pastors und Amtmanns und unsere alte Minette und Lebers Hanne ... Und von den Klängen des Waldhorns gelockt, werden aus dem Dunkel emportauchen: Kobolde und Elfen und Wichtelmännchen und Holzweiblein und Kohlenbrenner und die Waldfrau, die gespenstische, und das giebt einen tollen Spuk ums flackernde Feuer, und alles tanzt und singt der Braut die Sehnsucht ins Herz, die mit ihr gehen soll durch Glück und Leid – die Sehnsucht nach dem Walde und der grünenden Mädchenfreiheit ...

* * *

Jacobus hat mir ein Telegramm gezeigt. Uglandy kommt morgen nachts nach Ilsenburg. Er hatte Jacobus versprochen, mit seinem Vater über seine Zukunft zu reden und den Vater über den Sohn ein wenig zu beruhigen. Jacobus soll ihn auf dem Bahnhof erwarten. Jacobus strahlt! Er liebt Uglandy. Ein ganzes, starkes Gefühl. Ich glaube, ich bin eifersüchtig. Wollte ich denn, Jacobus sollte mich so lieben? Unsinn, wie kann er. Ich bin doch nicht Uglandy – sein Lehrer und Meister. Er ist freilich kühler und gleichgiltiger geworden, seit er bei Uglandy verkehrt. Das tut mir weh. Nein, es ärgert mich nur.

»Ich dachte, Uglandy wollte diesen Sommer heiraten?« fragte ich obenhin in dieser bösen, kalten, beinahe gehässigen Stimmung.

»Er wollte auch«, sagte Jacobus nachdenklich. »Ich glaube, er fürchtet sich ...«

»Wenn er die Frau doch liebt ... Und sie ist ja wohl sehr schön.«

»Ja – sehr schön. Und so selbstgewiß.«

»Ach so – die Art ...«

»Ja – eben die Art. Ich begreife es nicht. Er begreift es wohl selbst nicht mehr ...«

»Und doch heiraten?«

Jacobus seufzte.

»Wissen Sie, Uglandy ist ein großer Künstler. Und doch so ein unbestimmter Mensch. Und manchmal imponiert einem da die Selbstgewißheit so kolossal. Denken Sie – er weiß oft gar nicht, ob er was Gutes gemacht hat oder nicht. Übrigens hat er leider jammervoll geschmiert in letzter Zeit. Ganz konventionell. Rezept Uglandy. Verkauft's doch. Das ist so schlimm ...«

»Na, Sie werden das wohl nicht so genau beurteilen können«, sagte ich gereizt. »Sie haben wohl auch Uglandy schon überwunden?«

»Leider bin ich auf dem Wege dazu. Übrigens kann ich's beurteilen – und das weiß Uglandy auch. Das ist's ja eben, was er in mir sieht und was er gerne mag. Die unbedingte Ergebenheit, und dabei kann er mir kein X für ein U machen. Seinen Kommerzienräten wohl. Aber mir nicht. Er ist grob und schnauzt mich an wie einen dummen Jungen. Dann geht's ihm doch nahe, was ich gesagt habe. Neulich hat er alles geändert, was ich tadelte.«

»Jacobus, bei Ihnen bricht der Größenwahn aus.«

»Ach leider hat's nichts genützt – es wurde nachher noch viel flauer. Es ist, als ob der Kerl gar nicht mehr malen könnte. Er quält sich so hin ... Und wenn ich noch einmal ein Ästchen werde am Baume der Kunst oder ein Ast, so verdanke ich's ihm doch ganz allein. Sie wissen nicht, wie wundervoll der Mann manchmal sein kann. Und so menschlich eingehend ...«

»Kennen Sie die Frau?«

»Die Frau v. Leukhardt? Sie kommt ja oft ins Atelier.«

»Wie ist sie denn?«

»Na so: Hans – das ist doch wieder großartig, ganz großartig! ... Dieser Akt ist einfach grandios ... Sie redet immer viel von Akt: Ich glaube, sie findet das künstlerisch und kühn. Ihr Schwatzen geht ihm entsetzlich auf die Nerven. Sie hat eine häßliche Stimme. Schnatterig. Geschmack hat sie, zieht sich wunderbar an, vielleicht doch von ihm gelernt. Ihr Haar hat er ja oft gemalt.«

»Seien Sie still, Jacobus. Ich kann das alles nicht hören.«

»Was haben Sie denn?«

»Sie sollen nicht über die Frau reden.«

»Sie haben mich ausgefragt. Und ich bin sehr traurig über die Sache, sehr traurig.«

»Wenn Uglandy morgen hier bleibt, wollen Sie ihn zu uns bringen?«

Ich weiß nicht, wie mir das entfuhr, ich sagte es ganz ruhig, als spräche jemand Fremdes aus mir.

»Er wollte Sie schon längst gern kennen lernen. Er fragt viel nach Ihnen und bleibt gewiß.«

* *
*

Die Berglehnen stehen dunkel und feierlich in der Nachtstille, als seien sie die schweigsamen Hüter tiefer Geheimnisse und haben doch nichts zu bewahren ... Und der Waldbach, der braune, rauscht ein Lied. Ich finde die Worte nicht dazu. Schon als Kind hat mich die Melodie in Schlaf gewiegt, wenn ich mich müde gesonnen ...

Diese Wirrnis von Stimmungen ... Warum ist es mir so rätselhaft beängstigend, daß Fritz und Uglandy freundschaftlich, lustig miteinander verkehrten? Und alle faßten es beinahe als selbstverständlich auf, daß er da war – der alte Sieveking meinte, er sei gekommen, um mit ihm über Jacobus zu reden. Ich glaube, sie taten es auch ...

Er kam während des Festspieles. Ich weiß nicht, wann. Ich sah plötzlich sein Gesicht unter den buschigen Haaren und wußte: »Mein Gnom, mein zottiges Ungeheuer!«

»Waldhex, Hexe«, sagte er, »wie Sie da aus dein Dunkel hervorstürzten zum roten Feuer – wie haben Sie das angefangen, so – waldgöttinnenhaft auszusehen?«

»So was sieht man bei Künstlerfesten oft, bis zum Überdruß, aber es bleibt immer Maskerade. Und Sie – als war's Wirklichkeit gewesen und

Ihr Kleid jetzt Maskerade. Der Ausdruck der Gestalt – das möcht' ich malen – das würde was. Endlich wieder etwas Gutes! Ein graues Spinnwebfetzchen um die Glieder. Wollen Sie?«

Seine Augen glimmten, die Narbe über seiner Wange brannte rot.

Ich hab' die Zähne aufeinandergebissen und fortgeschaut.

Er lachte auf.

»Ach so – Pardon – Frau Dr. Erdmannsdörfer ...«

Frau Dr. Erdmannsdörfer ...

Fritz ruft mich.

Es ist vier Uhr – schon hell, im Garten zwitschern die Vögel.

Ja, Fritz, ich komme. Gewiß. Gleich. Ja – es ist eine Unvernunft ...

Hinauslaufen in den Wald, durch den Tau, auf die Höhen. Hinauf – immer höher ... Jauchzen, singen, bis das Herz zerspringt ...

Ja doch – ich komme schon.

Schlafen – jetzt schlafen?

* * *

Wir sitzen auf dem Habichtskopf zwischen kleinen Tannen, die betäubend nach Harz duften, in der Vormittagssonne. Ich habe Myrtenzweiglein im Schoß und winde den Kranz, in dem Röschen zur Kirche gehen will.

»Haben Sie auch einmal solch ein Kränzlein getragen?« fragte er.

»Zweifeln Sie etwa daran?« Ich ereifere mich. »Einen Kranz, den mir Tante Leber gewunden, von dem heiligen Bäumchen in ihrer guten Stube, zu dem sie das Reis pflanzte, an dem Tage, als Röschen getauft wurde!«

Uglandy lacht, lacht unbändig, wirft sich lang ins Blaubeerkraut und strampelt mit den Beinen vor Vergnügen.

»Ihnen so ein frommes Kränzlein auf dieses junge Hexenköpfchen zu setzen – das war Blasphemie!«

»Hören Sie, ich bin beleidigt. Ich bin eine christliche Ehefrau!«

»Ja, ja, ich weiß schon. Sie brauchen das nicht immer so zu betonen.«

Er ist ungeduldig, und gleich zuckt's dann und wetterleuchtet auf seinem leidenschaftlichen Gesicht, das sich so wenig beherrschen kann wie meines.

»Es war schon manch eine hier in der Gegend tagsüber eine christliche Ehefrau und fuhr doch nachts durch den Schornstein zum Tanz um die Walpurgisfeuer: Hab' ich's nicht erraten?«

Ich winde weiter an meinem Kranze und blicke nicht auf und schüttle den Kopf, mir ist alle Kraft geschmolzen in weichem Schmerz um mich selbst. Er sieht mir lange aufmerksam zu.

»Heilige Hände haben Sie ... Und mit diesen andächtigen, feierlichen, primitiven Bewegungen ... Sähe man nicht Ihr Gesicht ... Wie muß die Seele einer Frau sein, welche die Hände einer Märtyrerin besitzt und den Leib und die Lippen einer Bacchantin ...«

Ich furche die Brauen. Das hat mir schon einmal ein Mann gesagt ... Ich ertrage es nicht länger. Es giebt Tage, wo alles, was man sonst mit tausend Riegeln verwahrte, schutzlos, preisgegeben dasteht ...

»Hören Sie auf! Verstehen Sie! Sie dürfen nicht so in mich hineinsehen: Es ist alles so ganz anders, als Sie denken. Gehen Sie fort – fort – ich will allein sein. – Hören Sie nicht?«

Wir standen uns gegenüber.

Er lächelte, hob den Kranz auf, den ich fortgeschleudert hatte, und hielt ihn hoch in der Luft.

»Wäre er von blutroten Flammenblumen, möcht' ich Ihr tolles schwarzes Haar mit ihm krönen, Sie wilde Brockenhexe – Sie Frau Dr. Erdmannsdörfer aus Berlin! Ha – ha ha!«

»Ich schlage Sie ins Gesicht, wenn Sie nicht schweigen.«

Er griff schnell nach meiner Hand, küßte sie ehrerbietig und sah mich mit so glänzenden glücklichen Augen an, mit so bebendem Gesicht: »Ich muß es Ihnen sagen, wie ich Sie sehe, wie Sie sein sollten. In langfließende Glutgewänder gehüllt und goldenen Stirnschmuck, aus dem roten Kranze niederfallend auf die ernste Stirn und schwankend über den schmerzensvollen Augen ... Und mit feierlichen Schritten kreisend um den schrecklichen Altar der Astarte – zitternde Hände, die das mystische Opfer vollbringen ... Und dann jauchzend in tollen Seligkeiten, in wollüstig frommen Tänzen vor allem Volk das Fest des Frühlings feiernd und die Zeugung alles Lebens. So hast Du Dich mir offenbart – Weib! Weib! Befruchterin, Erweckerin zu tausend Taten! Unbegreifliche ... Von Dir gegangen bin ich, das Hirn brausend von Phantasien, wogend, tönend von Farben, die wie Raketen sich lösten, wie schwimmende Sonnen zusammenschmolzen ... durch die Nacht bin ich gerannt, und tausend neue Bilder sah ich, die Entwürfe drängten sich in mir – schrien nach Geburt – und ich glaubte, mit mir sei es fertig – mit mir sei es aus! Aus – tot ... Als Künstler tot ... Ja, wahrhaftig, das habe ich geglaubt!« Er schluchzte ... Ich habe seine Tränen gesehen. Er weinte wie ein Kind und legte den Kopf an meine Schulter, um einen Halt zu suchen, so durchrüttelte es ihn.

* * *

Später, auf dem Heimweg, als er sich gefaßt hatte, erzählte er mir, wie einer seiner Schwester beichtet, von den Qualen der letzten Monate. Und wie die Frau, die er geliebt habe und nun nicht mehr liebe, auf seinen Geist wirke, gleich einem beunruhigenden Gift, wie sie, die Kluge, Schöne, Ehrgeizige, alles dumpfe Brüten in ihm mit ungeduldigen Augen und Fingern betaste, daß es unfruchtbar werde, wie sie das geheimnisvolle Wirken in ihm mit lauten Tönen morde ...

Ich sah ihn an, und er las in meinen Augen die Frage, die meine Seele schluchzte.

»Sie hat mir endlose Opfer gebracht. Ich muß sie heiraten – muß: Mein Wort, meine Ehre verpfändet ... Und stehe da wie ein zitternder, feiger Verbrecher, der zur Hinrichtung geführt wird. ...«

Da habe ich gerufen: »Ein Künstler hat keine Ehre, die über seine Künstlerehre geht! Und das ist etwas ganz anderes als bürgerliche und moralische Ehre! Das ist das Gebot in ihm, seine Kraft zur höchsten Tat zu steigern. Ehre ist ihm: Gehorsam die Wege zu gehen, welche die Stimme seines Dämons ihm weist. Und auf nichts anderes zu hören! Auf nichts! Werden Sie wortbrüchig – werden Sie bürgerlich ehrlos, wenn es denn sein muß!«

Wir haben uns beide die Hände gereicht. Unsere Augen brannten wie Flammen ineinander.

Ich weiß: er ist frei von dieser Stunde an!

* * *

Es ist nun Abend. Thessi-Röschen trug den Kranz, den ich im Wald geflochten. Daß er ihr das Haar nicht gesenkt hat ...

Seltsam fern und unwirklich sind mir die Bilder dieses Tages. Der Hochzeitszug durch die Dorfstraßen, an fruchtreifen Obstgärten vorüber zur kleinen Kirche auf der Höhe, begleitet von traumhaften Erinnerungen an die gleichen Bilder, die gleichen Worte und Gelübde, welche hier vor weniger als zwei Jahren ausgesprochen wurden. Das Mahl im Gasthofe, alles Lebersche Kleinbürgertum, so rührend und peinlich hervordringend

– Papas Toast auf das junge Paar, bei dem er plötzlich stockte und stotterte und den Faden nicht wieder fand, er, der gewandte Redner, so daß mich ein Entsetzen befiel und ich dachte, er bekäme einen Schlaganfall. Und wie Röschen eine so überraschende Geistesgegenwart bewies, zu ihm hinlief, ihm beide Hände küßte, ihm mit Tränen dankte für ihre schöne Jugend ... Und die letzte Stunde; ich allein mit Röschen, ihr in das Reisekleid zu helfen – wie sie einst allein mit mir ... Und mein Geist bei alledem so fern – so ganz in ihm lebend, dem einsamen Mann, der heut einen Entschluß fassen wird, welcher einer Frau das Herz bricht ... Und ich habe kein Mitleid für sie ...

Dann kam's wie eine tötliche Erschöpfung über mich. Ich habe gezittert und gebebt von schrecklichem inneren Frost, trotzdem es ein so schöner, sonnenwarmer Tag war. Und mich heimgeschlichen und niedergelegt. Mochten sie im Wirtshaus die Weinreste austrinken. Dabei braucht man mich nicht.

Jetzt ist mir wieder wohl. Und auch das Schreiben hat mir gut getan. Alles Geschehene oder auch nur Empfundene wird klarer, gewissermaßen aus nebelhaften Größen auf irdische Umrisse zurückgeführt.

Die Mattheit ist vorüber! Ein stolzes Gefühl von Erlösung bleibt in meiner Seele. Als habe die Zwecklosigkeit meines Daseins plötzlich einen tiefen, wundervollen Sinn bekommen! Das wahre Leben muß wohl immer bezahlt werden mit dem innersten, letzten und geheimsten Schatz, den wir geizig in uns bargen ...

* *
*

Wieder in Berlin ...

* *
*

Papa und Fritz kehrten heim, verdrießlich, wie man nach solchen Festen ist. Fritz fand, ich sähe schlecht aus, und wünschte, ich solle mich niederlegen. Da kommt Jacobus. »Wir wollen den Mond aufgehen sehen, oben auf den Jungfernklippen. Die andern stehen draußen.«

»Habt Ihr noch nicht genug?« grollt Fritz. »Eine Unvernunft, sich im Dunkeln über den Wurzeln die Füße zu brechen.«

»Fritz, ich möchte gern, bitte laß mich«, flehe ich ganz bescheiden.

»Dir erlaube ich's nun auf keinen Fall.«

»Warum nicht – ich tat's doch oft – und ganz allein!«

»Damals warst Du Dein eigener Herr, und jetzt bin ich Dein Herr! Merk' Dir's!«

Ich lache auf, höhnisch.

»Ich gehe doch!«

Er hatte Jacobus hinausgeschoben – wir standen im Flur – die Haustür zugeschlagen, den Schlüssel abgezogen und in die Tasche gesteckt.

»Also – jetzt gehe zu Bett – Du siehst aus wie Käse und saure Milch.«

»Danke!« Ich lachte ihn aus, war merkwürdigerweise nicht einmal zornig – fand ihn nur so unendlich komisch in seiner Hausherrnwürde. Laufe einfach vor seinen Augen in die Küche und springe aus dem Fenster.

»So, da bin ich – und die andern?«

»Wir müssen noch auf die kleinen Fräulein warten.«

Ich wußte nicht, daß Uglandy dabei war ... Weiß Gott, ich wußte es nicht.

Wir gehen auf und nieder, die Mädchen kommen nicht. – Tante Leber hat's wohl auch nicht erlaubt.

Und wir wandern allein, ich in einer kindischen, dummen Lustigkeit, welche die beiden Männer irritiert.

Dann wurde alles groß, gewaltig um uns her.

Der Hochwald stand in der finstern Majestät der Nacht. Aber ich wollte mich nicht ergreifen lassen und neckte Jacobus, trotzdem er mich nervös bat, still zu sein, und ärgerlich bereute, mich aufgefordert zu haben. Ich stritt heftig mit ihm. Uglandy ging schweigend voran, wendete sich nur zuweilen und machte mich auf Wurzeln und Löcher im Wege aufmerksam.

»Vom artistischen Standpunkt aus ist dieser Nachtweg, wo man keine Farbe und keine Form mehr sieht, ein barer Unsinn«, grollte er – ich merkte, daß ich auch ihm mit meinem zänkischen Wesen die Stimmung verdarb, und gerade das reizte mich. Ich höhnte über den artistischen Standpunkt und rief: Man müsse sein Recht auf ihn doch erst durch seine Taten beweisen, es gäbe nämlich auch artistische Lumpen, und nur den Siegern werde verziehen. Es war mir eine wahre Wollust, ihn mit den spitzen Nadeln meiner Bosheit zu peinigen. Es schien mir, als habe ich ein Recht und eine Pflicht, ihn zu quälen, ich fühlte mich ihm überlegen, fühlte mich frei und hinter Dornen geborgen, indem ich es tat. Aber er wehrte sich und schlug mit seinen Antworten grob, mit einer

Art von schmerzlicher Wut gerade zu, nur war ich gewandter und wußte immer irgendwie zu entschlüpfen – ich wurde ganz heiß und aufgeregt, weil ich mich nun gegen zwei zu wehren hatte, und ließ jede Rücksicht beiseite.

So wurde es kein erfreulicher Weg, trotzdem wir lustig genug waren und viel lachten.

... Warum rufe ich mir das zurück bis auf die Einzelheiten, wie es wuchs, Widerspruch aus Widerspruch? Um alle Qual wilder und alles Leid grausamer zu empfinden? Um mich von dem wahnsinnigen Entzücken noch einmal durchströmen zu lassen? – Um in der grausigen Kälte, in der meine Seele erstarren muß, noch einmal des Lebens funkelnden Sonnenblitz zu spüren, betäubt von seiner Flamme die Augen zu schließen und tot zu sein für alles, was da ist – was da wird ...?

Oder um den ganzen boshaften Hohn und teuflischen Humor des Geschehenen noch einmal zu empfinden und mich an Bitterkeit satt zu trinken für alle noch kommenden Tage meines Lebens ...?

Wir stiegen die Jungfernklippen hinauf, und es war gefährlich, in dem Dämmerlicht, das der Mond sich voran schickte, ehe er selbst den Rand des Berges überstieg. Uglandy wollte mich führen, und Jacobus wollte mich führen, doch ich kletterte eigensinnig allein – kannte ja auch den Weg besser als die beiden.

»Oben sind Sie aber still, Sie schreckliches Weib«, rief Jacobus, »sonst stoße ich Sie von der Klippe herunter. Ich will dichten.«

Ich lachte unbändig, und dann, während sie emporkletterten, schlich ich zurück und verbarg mich in dem Geklüft an dem Fuß des aufragenden Felsens. Ich hörte, wie Uglandy überrascht fragte: »Wo ist sie denn?«, und Jacobus faul entgegnete: »Sie ist, scheint es, verloren gegangen – es ist ihr ganz recht, wenn sie sich nun fürchtet – sie war zu unausstehlich.«

»Aber das geht nicht«, sagte Uglandy beunruhigt und rief nach mir. Ich antwortete nicht, hörte, wie er herunter zu steigen begann, immerfort meinen Namen rufend, während Jacobus sich nicht rührte. Und ich schlüpfte vorsichtig gebückt von Stein zu Stein in den Wald, während er, verwirrt stehen bleibend, rief: »Frau Ellen – Frau Ellen ...!« Seine Stimme hatte einen schmerzvollen, sehnsüchtigen Klang. Es war seltsam süß, ihm ganz nahe zu stehen und ihn so ins Weite, in die Nacht hinausrufen zu hören.

Ich aber floh – er hörte das Geräusch meiner Füße, folgte mir, bat um einen Laut – wurde wieder irre durch mein Schweigen, und so lockte ich ihn weiter und weiter, nur in toller Freude an dem waghalsigen Spiel.

Und plötzlich horchte er und fühlte meine Nähe, griff mit beiden Armen nach mir, riß mich an sich, atemlos: »Hexe – Hexe!«

... Seine Küsse zu fühlen, den glühenden Körper an dem meinen bebend – als habe man endlose Jahre gedürstet nach den geliebten Lippen – und immer enger, immer enger ineinander geschmiegt ... Und so dazustehen, umfangen und bedeckt vom dunklen Mantel der Nacht, aus der es aufstieg wie warmer duftender Sommeratem ...

Und plötzlich Jacobus zu hören, der nach der Halde zu hinunterpolterte und statt der sehnsüchtigen, suchenden Stimme vorhin, die immer näher kam, nun sein beleidigtes und ärgerliches Rufen zu hören, das immer weiter in der Ferne verhallte ...

Und leise, leise die Lippen wieder zu einander zu neigen und neu zu trinken einer von des andern Seele ... Er zog mich nieder ins Heidekraut, legte den Kopf in meinen Schoß und murmelte: »Weib – Weib – Zauberin – Schreckliche – Süße – ...«

Behutsam öffnete er mein Kleid, bat: »Sei lieb, laß mich fühlen, wie Dein Herz schlägt ...« und legte sein Ohr an meine Brust und lauschte, legte seine heißen Lippen an die Stelle, wo mein Lebensblut hämmerte ... Ich weiß nichts mehr von mir, nur, daß mein ganzes Sein sich zitternd öffnete, ihn zu empfangen, sich auflöste vor ihm – in unsäglicher Wonne, von ihm ausgeschlürft, genossen, zertreten zu werden – daß ich mich am liebsten verbrannt hätte zu seiner Lust ...

Und das weiß ich – weiß es noch heut'! Nehme es nicht zurück – bereue es nicht!

Was geschah in jener Nacht, und was nicht geschah zwischen mir und ihm – das ist sein Geheimnis und das meine, und niemand sonst wird davon erfahren.

* *
*

Zu stehen vor meines Vaters Hause und an der Klingel zu ziehen und zu wissen, daß nur mein Mann die Tür öffnen kann ... Uglandy, daß du das zugegeben hast!

»Ich habe Dir befohlen, zu Haus zu bleiben, Ellen«, sagte Fritz, in einem Ton, wie ein Lehrer zu einem bösartigen Schulmädchen spricht.

»Und ich lasse mir nicht befehlen, das weißt Du hiermit«, antwortete ich kalt.

Er wendet sich und schließt die Tür, nimmt das Licht auf und sagt mit der ihm so eigenen, ungeheuren Selbstüberwindung: »Ich hatte diesmal ein gutes Recht, nicht nur als Dein Mann, sondern auch als Arzt ... Es handelt sich doch nicht mehr um Dich allein ...«

Ich sehe ihn ganz wirr und verständnislos an, und er spricht weiter – bis ich laut aufschreie und ohnmächtig vor ihm auf die Steine niederstürze.

* * *

Jedes Gefühl in der Seele wird stumpf, bleiern schwer unter den körperlichen Qualen, die ich seit Wochen dulde. Schüttelfrost, daß mir die Glieder wie in Krämpfen erstarren – keine Möglichkeit, auch nur einen Tropfen Nahrung bei mir zu behalten. Noch jetzt, wenn ich morgens den Kopf vom Kissen hebe, kreisen schwarze Ringe vor den Augen, weiten sich, wirbeln um meinen armen Kopf, engen sich, drängen mir ängstigend das Hirn zusammen, und es ist mir, als flöge ich auf einer Schaukel, von der die Stricke gerissen sind, wirbelnd in einen Abgrund von Schrecken und Tod.

... Tod – Tod ... Warum ist das Leben so fürchterlich zäh – und warum in solchen bitteren Nöten des Leibes und der Seele schaudert man doch so feige vor dem Tode?

Wie hinter schwarzen Schleiern bewegten sich Gestalten – eine Stimme sagte: »Gehirnerschütterung.«

Und ich lag – in kaltem Schweiß gebadet – vor Angst mich krümmend, wie ein Kind im Dunkeln mit weit offenen Augen lauscht, ob der Märchenwolf mit den haarigen Tatzen unter dem Bett hervorkriechen wird – so grausig leise tappend in der Finsternis, näher und näher – bis er es packt und würgt ... Aber ich werde leben und ein anderes Leben mit mir ...

* * *

»Siehst Du, Ellen«, sagte Fritz, als man wieder mit mir reden kann, »durch Deine Unvernunft hast Du Dir und mir die Zeit, die so schön hätte sein können, nach der Du Dich so lange gesehnt hast, ganz verdorben.«

Ich lache gellend auf, und dann wein ich – weine – weine ...

* * *

»Der Herr Uglandy hat heute wieder gefragt, ob er Sie noch nicht sprechen könnte«, sagt die alte Minette, und ich drücke den Kopf in die Kissen und gebe keine Antwort. In mir schreit die Scham: Nein – nein – nie wieder – nie ihn wieder sehen ...

Und Minette fährt fort in ihrem gutmütigen Harzer Dialekt:

»Er lauert alleweil auf mich – an'n Jartenzaune, hinten bei der jroßen Buche, wie's denn mit Ihnen stünde. Heut hab' ich'n gesagt, er solle man keene Bange nich mehr haben, das wäre doch mal so bei viele junge Frauen ...«

... Dann ist er abgereist.

* * *

Die langen Beobachterblicke von Fritz auf mir ruhen zu fühlen ... Und so erschöpft vom Weinen, so gramzerwühlt, hilflos vor ihm dazuliegen ... Wenn er mit scharfer, klarer Frage vor mich getreten wäre ... Aber so: Schweigen – immer nur schweigen ... Ich ertrug es nicht mehr.

Als er nach Berlin zurück mußte und erklärte, die Lebensgefahr sei nun vorüber – da fuhr ich auf – wollte beim Vater zurückbleiben.

Er hielt mir einen langen ärztlichen Vortrag: so ginge es nicht weiter, ich müsse mich zusammennehmen, sonst schadete ich dem Kinde – und er wolle mich nicht aus seiner Aufsicht entlassen ...

Da hab ich ihm ins Gesicht geschleudert, daß ich ihn hasse – ihn verabscheue, daß ich einen anderen Mann liebe ... Ich glaube, ich war von Sinnen – denn gleich darauf hab ich mich an seine Brust geworfen und wie eine Wahnsinnige geweint.

... Es traf ihn wunderlich. Nicht wie ich gedacht hatte – daß so etwas einen Mann rasend machen müsse, nein, so war es gar nicht. Er wurde wohl sehr blaß – aber es war mehr, als sei es ihm peinlich, daß so etwas ausgesprochen wurde – und ich täusche mich nicht – ich hatte ganz bestimmt den Eindruck – habe ihn noch: Er glaubte mir nur halb. Halt das meiste für Nervenexaltation ...

... Er geht mit mir um, wie man eben ein krankes, unzurechnungsfähiges Geschöpf behandelt. Nur im Coupé bei der Heimfahrt sagte er mir kurz und kalt: »Ich erwarte von Dir, daß Du den Mann da ... nicht wieder siehst ... auch keine Botschaft irgend einer Art von ihm annimmst. Gieb mir Dein Wort darauf.«

Ich habe ihm mein Wort gegeben und werde es halten.

* * *

Ich gehe zuweilen in den Stuben umher, sehe die Möbel und alle Gegenstände an mit einem sonderbar schwindligen, ängstigenden Gefühl im Kopf: Hier soll ich nun weiter leben, als wäre nichts geschehen ... Und ist doch alles verwandelt, wie unter einem bösen Zauber, den man nicht sieht – nur fühlt, wenn er mit kalten Geisterhänden über den Rücken streift.

Was um mich her vorgeht, scheint mir nur ein verworrenes Getöse, alle Stimmen tun mir weh, Farben, Gerüche gewinnen eine wunderliche, aufregende, ärgerliche, eine phantastische Bedeutung.

* * *

Nachts liegt meine Hand auf dem Herzen über der Stelle, die er geküßt hat, den ich liebe. Es ist mir davon ein leiser süßer Schmerz geblieben. Ein Schmerz, der tief, tief aus dem Herzen kommt, den ich nun tragen will, zeitlebens.

* * *

Nicht durch Reue diese Stunden beflecken! Ich weiß, daß eine andere Reue mit mir gehen wird bis ins Grab.

* * *

O wären sie mir noch zu eigen – die starken Schwanenflügel meines Magdtums, und ich könnte mich dem Geliebten nachschwingen in weite freie Ferne ... Ich habe auf mein Federkleid verzichtet – habe Erdenlos gewählt – was darf ich klagen ...

* * *

Zuweilen denke ich: Fritz wird ja nichts genommen mit dem, was ich Uglandy gab. Es war ja das in mir, was ihm schrecklich und unheimlich war. Ja, oft meine ich, als könnt' ich jetzt erst ganz die stille, verglühte, in sich gefaßte Frau werden, die er sich wünscht.

Wie ist alles so widerspruchsvoll! In der nächsten Stunde lausche ich mit zitternder Qual auf einen Laut von ihm – auf die Botschaft von Uglandy, die einmal noch kommen muß – auf die ich einmal noch Antwort geben muß ...

* * *

... Ich weiß nicht, warum Fritzens Zweifel an meinem Geständnis mich so empört. Dies kühle, obenhin Abtun eines Schicksals, das mein Leben zerbricht, erbittert mich gegen ihn.

Jetzt bin ich mir klar, warum er so unbefangen freundlich mit Uglandy war: er fühlte sich meiner sicher. Und er ist es nun ja auch ...

* * *

Uglandys Botschaft ist gekommen. Ich habe den verschlossenen Brief in der Hand gehalten und habe seine Schrift zum letzten Male geküßt – als küßt' ich ihn zum Abschied – still und leise. Und den Brief in einen Umschlag geschoben und zurückgesendet ...

Ich lag wie tot nachher – konnte mich nicht rühren, stundenlang. Wie eine Lähmung war's, die vom Rücken her durch alle Glieder kroch. Ich fühlte nicht einmal mehr Schmerz, so dumpf betäubt war ich.

* * *

Heute wieder zum ersten Male an der Luft gewesen. Bin ich schwach und hilfsbedürftig geworden ... Und so kindisch sehnsüchtig nach kleinen Freundlichkeiten – nach »Gutsein«. Der geringste Dienst, den Marie mir erweist, rührt mich bis zu Tränen. Sie hat mich so sorgsam geführt – ganz langsam, Straße auf, Straße ab. Früher war sie eher faul und widerspenstig, aber nun, seit sie mich zu pflegen hat, ist sie ganz sanft und eifrig. Ihre Gesellschaft ist mir angenehm. Der einfache Mensch, der nichts weiß von der Kompliziertheit der Empfindungen, die uns elend machen.

Fritz ist den ganzen Tag in der Klinik oder sonstwo. Ich sehe ihn nur als meinen Arzt. Da ist er höflich und sorgsam, wie immer in seinem Beruf. Ich könnte ihn nicht viel um mich haben. Ein Widerwillen, beinahe möchte ich sagen »Abscheu«, erfaßt mich, sobald ich nur seine Stimme auf dem Flur höre. Und doch hat er mir nichts getan, und ich allein bin die Schuldige.

* * *

Die Tischler waren hier, um Fritzens Bett hinauszuschaffen und in das kleine Gastzimmer zu stellen, das er für sich eingerichtet hat. Ich lag auf der Chaiselongue und hörte das Poltern der Leute. Mir war, als trügen sie meinen Sarg hinaus. Es war ja auch ein Begräbnis – das Begräbnis unserer Ehe.

Wie viel Hoffnungen, wie viel Träume von Glück und frohem Frieden trugen die Männer hinaus. Wie viel Wollen auch …

Ist denn Wollen nichts? Sind es nur die Instinkte oder irgend etwas Geheimnisvolles, Unerklärtes in Seele und Leib, das die Menschen auseinanderreißt und zusammenbindet?

Alle Herzlichkeit zu Fritz kam in der Stunde wieder, überflutete mich wie mit warmen Strömen, badete mich in Tränen. Meine Brust war zerrissen von Leid und Kummer. Und doch liebe ich Uglandy.

Und ich hasse das Kind in meinem Leibe, weil es nicht sein Kind ist.

* * *

Bertha kommt, mir zu gratulieren.

»Nun ist ja wohl die Seligkeit groß – konntest es ja gar nicht erwarten!«

Fritz steht dabei, blaß und ernsthaft. Und sie mit ihrer scharfen Stimme weiter: »Du siehst nicht gut aus, Fritz, überarbeitest Dich sicher. Kinder, bei dem gewaltigen Ehrgeiz kommt am Ende auch nichts Gescheites raus!«

* * *

Röschen kehrt von der Hochzeitsreise zurück, lachend und weinend – ich kenne Röschen jetzt nur noch in verschämtem Kichern und tränenvollen Augen. »Ellen, meine süße Ellen, ist es denn nur wahr?« Und legt mir schüchtern und verschämt ein Blumensträußlein auf die Knie ...

O, wenn sie wüßten, wie sie mich quälen – alle, alle! Wie soll ich ihn tragen diese vielen Monate hindurch, den ungeheuren, fürchterlichen Schmerz? Er wird schärfer und schneidender, je mehr ich aus der dumpfen Apathie der ersten Wochen wieder zu klarem Denken erwache.

Fritz geht neben mir her wie ein Gebilde aus Glas und Eis. Ich friere, wenn er in meine Nähe kommt. Ich wollte lieber, er schlüge mich, er träte mich mit Füßen.

* * *

Uglandy ist abgereist. Nach der Provence, den nächsten Winter will er in Paris bleiben. Jacobus sitzt neben mir wie ein hilfloser, kleiner, verwaister Junge ... »Man ist eben allein – es spinnen sich keine Fäden von Seele zu Seele ... Sonst hätte er doch fühlen müssen, daß ich ohne ihn noch gar nicht auskommen kann«, klagte er trübselig. »Ich wollte, er hätte mich als Farbenreiber mitgenommen, wie das früher war ... Und er wird mir nicht auf meine Briefe antworten – das weiß ich schon ...«

Er schwatzte noch viel in seiner Art, was mich zuweilen unterhielt und zuweilen langweilte.

»Und Uglandys Heirat?« habe ich ihn endlich gefragt.

»Ich glaube, er hat mit Frau von Leukhardt gebrochen.«

»So?«

* * *

Das Christentum scheint wundervoll einfach wenn man sechzehn Jahre alt ist oder auch zwanzig und sich reif und weise dünkt in seiner Unwissenheit. Aber haben wir erst Erfahrungen mit uns selber gemacht, und nichts will in die Schablone passen, die wir uns nach unseren eigenen Idealen für unser Leben zurechtgeschnitten hatten – da wissen wir plötzlich nicht mehr aus und ein.

»Sünde« soll der Name sein für Empfindungen, bei denen alles in uns zu höchster Kraft und Schönheit aufblüht – für Erleben, bei dem alles Kleine und Alltägliche überwunden ist und man als ein jubelndes Opfer Tod und Schande in den Rachen springt – bei dem wir erst werden, was wir sind, was wir ahnungsvoll viele Jahre empfanden und dem wir uns entgegengebildet haben durch heiße Sehnsucht und glühendes Verlangen.

Und doch Sünde?

Unzweifelhaft. Einem Menschen, der uns vertraut, das Ärgste antun, die stille Kapelle, an deren Ausschmückung man mit so gutem Willen und so viel Entsagung von beiden Seiten gearbeitet hat, alles lieben Schmuckes berauben, ihre Heiligtümer zertreten, zerbrechen ... Wenn das nicht Sünde ist ...

Und doch – daß ich, um Fritz glücklich zu machen, das Beste in mir hätte abtöten müssen ... Und daß ich auch immer so genau gewußt habe, was das Beste in mir war ... Andere Frauen sind sich vielleicht nicht so klar darüber ...

Wohl ihnen! ...

* *
*

    Lobe den Herrn, meine Seele,
    Ich will ihn loben bis in den Tod,
    Weil ich noch Stunden auf Erden zähle.
    Will ich lobsingen meinen Gott.

Wem galt der frohe Gesang, der meine Jugend durchtönte?

Dem stolzen Gefühl meines Reichtums, der üppigen Kraft, dem jauchzenden Überschwang, von dem ich trunken war ...

Und wie hätte ich warten können mit den fiebernd klopfenden Pulsen, daß das Leben an mir vorüberrinne, und ich von ferne nur sein Rauschen hören sollte? Gab Gott mir nicht die Natur, die nicht warten konnte?

Aber Christus sagt: »Wir sollen unsere Natur überwinden ...« Hat er seine eigene Natur überwunden? Hat er sie nicht zur höchsten Vollendung gesteigert – diese stillfreudige Märtyrernatur?

Fritz glaubt nichts mehr, und ich meine, es hat ihm nicht einmal viel Kampf bereitet, das alles von sich abzuschütteln. Ich habe immer mit ein wenig Verachtung auf seine vollständige Religionslosigkeit herabgesehen. Keinen geheimnisvollen und überirdischen Ursprung unseres Seelenlebens anerkennen zu wollen, das hieß mir, die menschliche Seele recht oberflächlich begriffen.

Darum ringe ich mit meinen Zweifeln wie mit frevelnden Ungeheuern, die jede schlaflose Nacht aufs neue gebiert.

* * *

Morgens aufzuwachen und mit der Wiederkehr des Bewußtseins die Qual des langen Tages herankriechen zu fühlen ... Aufstehen, sich anziehen, zum Frühstück hineingehen mit dem kalten dumpfen Grauen ... Oft bleibe ich stehen und halte die Türklinke in der Hand und lausche, ob er noch drin ist.

Er sitzt und liest die Zeitung. Ich sage »Guten Morgen!« Er hinter dem Blatte hervor: »Guten Morgen! Geht es Dir leidlich?«

Ich: »Ja, ich danke.« Und setze mich und trinke und esse, so gut ich's vermag, bis er die Zeitung fortlegt und aufsteht und in die Klinik geht.

Dann schleicht der Morgen so hin. Ich muß noch viel liegen, gehe auch wohl spazieren. Und immer die Furcht vor seinem Heimkommen, vor dem gemeinsamen Mittagessen. Zuweilen reden wir dabei ein wenig, mit dem armseligen Hintergedanken, dem Dienstmädchen etwas vormachen zu wollen. Reden miteinander wie zwei fremde Menschen, die sich im Eisenbahncoupé treffen. Dann geht er auf sein Zimmer und wieder in die Klinik und abends ins Café, jeden Abend. Ich kann's ihm ja nicht verdenken.

Und ich habe wieder Stunden, viele Stunden, um zu grübeln, was aus diesem Zustand werden soll.

Es giebt Ehen, in denen zwei Menschen das aushalten, mit einem Gespenst zwischen sich am Tisch zu sitzen – ein Gespenst zwischen sich auf dem nächtlichen Lager zu haben und doch zusammenzuleben, zwanzig Jahre und länger.

* * *

Zuweilen kommt Besuch, einer von den Leuten, die im vergangenen Winter für mich schwärmten und mich verhätschelten.

So ein ganz Fremder ist mir noch am liebsten. Da reiße ich mich auf und werde lebhaft, ereifere mich über Theater und Bücher und Ausstellungen – höre plötzlich Uglandys Namen und erstarre innerlich vor wütendem Schmerze –. Wie kann man so leben? Wie soll man so existieren?

* *
*

Wenn ich mir vorstelle, er wäre tot – wäre auf keinem noch so verborgenen Winkel dieses Erdballs mehr zu finden – sein Leib zu Asche zerfallen, sein Geist verflüchtigt in den Lüften – und würde ich verbrennen in Sehnsucht und Liebe – keine Macht, keine Gewalt vermöchte ihn wieder zu uns, zu den Lebendigen zurückzurufen ... ausgelöscht – vergangen – könnte ich nicht ruhiger werden? Könnte ich nicht vergessen lernen?

Würgen die Erinnerung ... sein Gedächtnis morden und meiden wie verfluchte Stätten, wo böse Geister umgehen. Nichts weiter wollen, als das eine junge werdende Leben hüten, das mit leisen zuckenden Bewegungen an sein Dasein mahnt ...

Süßes, Holdes ... manchmal empfinde ich dich mit einer überwältigenden Rührung. Du Unschuldiges, Unwissendes – du Frühlingsblüte! ...

Und du wirst nun auch zu der heimtückischen Bosheit des Daseins geboren ... Zu wissen: Der gütige Vater im Himmel läßt es zu, daß seine Geschöpfe mit den abgründigsten Listen und Foltern des Schicksals gepeinigt werden.

Warum nicht ein Ende machen mit dir und mit mir?

Wer nicht mehr Zutrauen zum Leben hat, der sollte von hinnen gehen. Oft und oft denke ich's. Und sehe nur Barmherzigkeit gegen mein Kind darin.

Wäre Selbstmord nicht so gemein ... Und der Selbstmord einer schwangeren Frau ist über alle Begriffe schamlos.«

Stumpfsinnig dulden – was bleibt uns anderes?

Eine geheime Hoffnung kauert in einem Winkel meines Verlangens. Es wird eine Stunde kommen, die mich erlöst. Bald – vielleicht sehr bald ... Das ist so tröstlich. Nicht mehr sein – nicht mehr fühlen – immer nur schlafen – schlafen – schlafen ... Ja, wäre es so ... Aber wer weiß denn?

Rechenschaft geben sollen von einem jeglichen Gefühl ...

Unermeßliche, harrende Völkerscharen – Millionen von Augen mit gieriger Neugier auf mich gerichtet – Und ein grauenvoll erhabenes dämonisches Etwas, das aus blendendem Feuergewölk hervor dir zu reden gebietet.

Und du mußt die Schande und den Jammer deiner Seele vor allem Volke entblößen ... Und ein kleines, dünnes, weinendes Stimmchen klagt: »meine Mutter ...«

Mutter? Bin ich es wert, jemals Mutter zu heißen?

Wenn ich an den Augenblick denke, als ich den Handschuh abriß, damit Richter mich auf die Hand küssen sollte ...

Dirne - Dirne! Pfui!

Geißeln her, mich blutig zu peitschen ... Feuer, mich zu verbrennen, den Fuß eines Knechtes, mich Wurm zu zertreten.

* * *

Papa hat mir einen wundervollen Brief geschrieben – die Worte blühen ihm gleichsam hervor aus einer heiter-bewegten, ich möchte sagen, aus einer heiligen Freude ...

Wie soll ich diesen Brief erwidern?

Ja, Vater, im weißen Feierkleid, mit goldenen Säumen hoffte ich einst die hohe Zeit meines Lebens, die Stunde meiner Mutterschaft zu erwarten.

* * *

Heute mittags lassen Schärebeck und Jacobus Sieveking sich durch Marie bei mir melden. Fritz ist eben aus der Klinik gekommen.

»Meine Frau ist nicht zu Hause«, befiehlt er kurz und scharf.

»Aber Fritz«, sage ich leise, »sie haben unsere Stimmen schon gehört.

»Mögen sie«, fährt er auf. »Ich werde diesem Verkehr ein für allemal ein Ende machen.«

Ich schweige. Was soll ich auch sagen?

Ich fürchte mich vor der Zukunft. O ja, ich fürchte mich.

* * *

Mir geht der Ton nicht aus dem Sinn, in dem Fritz neulich sagte: »Ich will diesem Verkehr ein für allemal ein Ende machen.« Wie Schuppen ist mir's von den Augen gefallen: er leidet, ja – leidet ja auch, vielleicht ebenso intensiv wie ich selbst.

Und ich, in meinem wahnsinnigen Egoismus, sah nichts als mein Schicksal, starrte Tag und Nacht, hypnotisiert von Schmerz, in den eigenen Seelenjammer, ohne Mitleid, ohne Teilnahme für ihn, der doch – doch, trotz alledem, durch so tausend feine, unzerreißbare Faden mit mir verknüpft ist: Wie kann denn ein Menschenherz nur zu gleicher Zeit so empfindlich, so verwundbar und so kalt und hart sein?

Ich schäme mich meiner selbst.

Wäre es denn nicht möglich, aus dem gemeinsamen Leid ein Band zu weben, das uns wieder aneinander bindet?

Könnten wir nicht Freunde sein, die sich still bei der Hand fassen, sich sagen: Das Glück haben wir verloren, aber wir wollen als gute Kameraden unseren Weg miteinander wandeln und uns das schwere Dasein mit kleinen Freundlichkeiten gegenseitig erhellen? Solche Träume umspinnen meine Seele mit einem stillen Frieden. Ich hänge ihnen gerne nach.

* * *

Seitdem habe ich wieder Augen für Fritz bekommen und sehe, wie schlecht seine Farbe ist, wie mager er in letzter Zeit geworden, wie sich eine tiefe Falte zwischen seinen zusammengezogenen Brauen gebildet hat.

Könnte ich mich nur überwinden, ihn einmal herzhaft anzupacken, festzuhalten, mich mit ihm auszusprechen. Es ist unglaublich, wie schwer das wird, sobald man einmal die Gewohnheit verloren hat, Freude und Kummer miteinander zu teilen. Tausendmal denke ich mir aus, wie ich ihn empfangen will, wenn er heimkommt, welche Worte ich wählen will – tritt er dann ins Zimmer, grüßt mich nicht mehr, geht an mir vorüber, als wäre ich Luft, so ist mir die Kehle zugepreßt, und das Herz schließt sich zusammen in einem trockenen, dürren, bösen Haß.

Ich kann nicht – ich kann nicht ...

Aber ich erwache allmählich zum Bewußtsein, daß sich die Kluft zwischen uns in den letzten Monaten täglich erweitert und vertieft hat, ohne daß wir es beide wußten und wollten.

* * *

Gestern komme ich ins Wohnzimmer, finde Fritz ganz zusammengesunken auf einem Stuhle sitzen und auf den Teppich starren, ein gebrochener Mann. Ich erzittere innerlich vor Schrecken, nähere mich langsam und sage: »Fritz.«

Und sein Name klingt mir ganz fremd, wie aus weiten Erinnerungsfernen herübergeholt.

»Was ist?« fragt er abweisend feindlich.

Und ich, feige zurückschaudernd und doch mit einem mutigen Anlauf in die Gefahr stürzend: »Nimm es Dir doch nicht so zu Herzen, wir müssen doch beide darüber hinkommen.«

Er schnellt auf, strafft sich zusammen, geht von mir fort, so weit das Zimmer Raum hat, murmelt: »Darüber hinkommen? Ihr Frauen seid doch seltsame Geschöpfe Was willst Du eigentlich von mir? Warum stehst Du da? Laß mich in Ruhe. Ich habe Ärger gehabt in der Klinik. Eine Operation ist mir mißlungen, die ich unzähligemale schon ausgeführt habe ...«

»Ein Menschenleben«, sage ich leise.

Da dreht er sich nach mir um und schreit mich an, vor Haß und Wut bebend: »Ja, ein Menschenleben. Nun weißt Du's ... Du – Du –.« Er preßt herunter, was er für Beleidigungen auf der Zunge hat, und ächzt auf und sagt: »Es wird Zeit, daß wir ein Ende machen. Es wird hohe Zeit.«

Und ich: »Was meinst Du denn?«

Er: »Geh mir aus den Augen, ich kann Dich nicht sehen.«

Und ich verlasse das Zimmer.

* * *

Lange werde ich keinen Mut wieder finden. Das dumpfe Bangen überschattet mich wieder ganz und gar.

Und dennoch will ich es noch einmal versuchen. Ob er nicht weicher und versöhnlicher wird, wenn die Zeit näher rückt ...? – So unversöhnt möcht' ich nicht sterben.

* * *

Ich wünsche mir den Tod ...

Ellen, ist das ehrlich? Eine zähe, armselige Stimme schreit in dir unaufhörlich: nur leben, nur leben, nur leben! Alles ertragen – nur leben!

Ich fühle mich auch wohler und kräftiger.

Und vor einigen Tagen, plötzlich, unvermutet, überströmte es mich wie heiße Freude: »Ein Kindchen zu haben – ein kleines, süßes, zappelndes Kindchen im Arm zu haben, an die Brust zu legen und die ganze Welt darüber zu vergessen ...«

Es war nur ein Augenblick, dann hüllte mich der Kummer wieder ein. Ach – kann sie nicht wiederkommen – die Freude?

* * *

Ein köstlicher Wintertag, strahlend im ersten Schnee, durch die Glastür des Balkons blickte der blaue Himmel, und ein heller Sonnenschein lag auf dem Frühstückstisch. Dabei war es so schön warm im Zimmer – ein Wohlbehagen durchdrang mich, als ich eintrat – ich war schon mit freierem Gefühl als sonst erwacht. Und ich erinnere mich deutlich, wie ich das Bedürfnis empfand, freundlich gegen Fritz zu sein, der dort am Tische saß – wie ich dachte: ... Ihn allmählich einspinnen in sanfte zarte Güte – ohne Worte, ohne Zärtlichkeit, doch ihm deine Sorge, deine Teilnahme, deinen Willen zu neuem Anfang, zu stiller Wärme fühlen lassen ...

Da kam es – ganz unvorbereitet.

Fritz legt seine Zeitung beiseite, fragt mich kalt und obenhin: »Wie lange hast Du Uglandy eigentlich gekannt?«

Ich bin so bestürzt, daß ich anfangs gar nicht antworte. »Es hat doch keinen Zweck, jetzt noch darüber zu reden«, sage ich dann müde.

Er ist vom Tische aufgestanden, dreht mir den Rücken, steht am Fenster.

»Ich wünsche zu wissen, seit wann Dein Verkehr mit Uglandy besteht?« fragt er schneidend scharf.

»Du weißt es ja. Ich habe Dir ja alles gesagt.«

Er trommelt an den Scheiben – schweigt und schweigt.

Und dann beginnt er leise und sieht mich nicht dabei an, als ob er sich schämt:

»Du wirst mir doch nicht weismachen wollen, daß Ihr, als Uglandy zu der Hochzeit damals kam, nicht längst in Beziehungen standet.«

»Wenn Du mir nicht glaubst ...«

»Wie kann ich Dir noch, glauben!«

»Ja – dann freilich – –«

... Nach einer Weile habe ich mich überwunden und ernst und freundlich gesagt: »Fritz, Du warst doch krank, und ich war immer bei Dir.«

»Immer? Du bist auch ausgegangen.«

»Ja, wenn Du mich an die Luft schicktest, bin ich spazieren gegangen.«

»Das sagst Du jetzt.«

»Fritz – Du willst doch damit nicht etwa andeuten, daß ich, während Du krank warst, mit Uglandy ... Und nachher, als Du wieder gesund wurdest, als wir so froh miteinander waren ... Fritz! – –«

»Erinnere mich nicht daran ...« Es brach aus ihm hervor wie ein Schrei. Ich habe den Kopf in die Hände gestützt und geweint.

Er wendete sich vom Fenster, kam zu mir heran und betrachtete mich.

Dann ging er hinaus, holte seinen Hut, um nach der Klinik zu gehen, kam noch einmal ins Zimmer, an den Tisch, wühlte in den Zeitungen,

»Suchst Du etwas?« fragte ich leise.

Und da fiel der Schlag.

»Ich werde niemals wissen, ob ich mein Kind im Hause habe oder ein fremdes.«

* *
*

... Daß mir niemals in all der Zeit auch nur die Ahnung aufgestiegen ist, er könne sich mit einem solchen Verdacht herumtragen ...

* *
*

Die ungeheuerliche Stille um mich her, in der ich immer nur das eine Wort höre.

* *
*

Hätte Fritz mich mit dem Revolver bedroht, an den Haaren mich im Zimmer geschleift – mich hinausgestoßen in den Schneesturm – hätte er Uglandy gefordert und ich müßte für beider Leben zittern ... so verrückt es klingt – das wäre Wohltat gegen diese Dumpfheit, in welcher der Tag vergeht wie sonst – ganz wie sonst.

Ich mache den Küchenzettel mit dem Mädchen und sage: »Sehen Sie zu, daß Sie Hecht bekommen, gebratenen Hecht ißt der Herr gern.« Und ich gieße meine Blumen und ordne Fritzens Schreibtisch und reinige seine Aschenbecher. Ich gehe aus, kaufe Windeln und zarte, feine Hemdchen – begegne Fritz auf der Treppe, werde rot und verstecke das Paket unter dem Mantel.

Und bei allem, was ich tue, wohin ich gehe, geht das Wort mit mir.

Rede ich zu fremden Menschen, so denke ich dabei: Wenn ihr wüßtet, was mein Mann zu mir gesagt hat. Und dann stelle ich mir vor, wie ihre Gesichter sich plötzlich verändern.

Und in den Geschäften sage ich heimlich in meinem Herzen zu dem Ladenfräulein: Du denkst jetzt, eine anständige Dame steht vor dir – eine glückliche junge Mutter ... Jawohl – eine Beschimpfte, ein armseliges, verworfenes Geschöpf ...

* * *

Frau von Stolpe ließ mich hinausbitten auf ihr Schlößchen an der Havel, weil sie doch nicht in die Stadt kommen könne, und ein so großes Verlangen habe, mich zu sehen. Da mußte ich fahren, obwohl es mir schwer genug ankam. Papa hatte ihr von seiner Freude über die Aussicht auf ein Enkelchen geschrieben.

Die alte Frau war fürsorgend und mütterlich zu mir. Lie mußte mir ein Kissen in den Rücken geben und eins unter die Füße legen. Und dann schickte sie die Nichte hinaus und fragte mit herzlicher Teilnahme, wie ich lebe, und ob Fritz auch gut für meine Gesundheit sorge – zwar sei er Arzt, aber auch Ärzte wären unvernünftig als Ehemänner. Sie gab mir gute Ratschläge, und ich saß stumm und starr, als packe eine Knochenhand mich an der Kehle und würge und würge. Zuletzt brach ich in Tränen aus und stotterte: »Ich bin so dumm nervös – habe ein bißchen viel gelitten ...« Sie meinte, ich fürchtete mich vor der schweren Stunde, streichelte meine Hände, sprach mir Mut ein und sagte endlich mit ernstem Gesichte: »Sie verzeihen die Indiskretionen einer alten Frau, die es gut mit Ihnen meint, mein Kind. Ich habe Ihren Vater einmal sehr lieb gehabt, sehr lieb – aber wie das so geht – wir durften nicht zusammenkommen. Er war ein wundervoller Mann, Ihr Vater – ich habe niemals wieder eine so strahlende Fülle des Lebens in einem Menschen vereinigt gesehen ... Sie sind nicht so schön, wie er war, aber das haben Sie auch, dieses, ich möchte sagen: Berauschte vom Leben. Eine schöne und gefährliche Mitgabe, die am Ende mehr Schmerzen als Freuden bringt. Und glauben Sie einem alten Weibe, mein Kind, das mancherlei Erfahrungen hinter sich hat: Der Rest ist für uns Frauen zuletzt doch immer eine würdige Entsagung. Sie kann mancherlei Formen annehmen, und die der Ehefrau wird eine andere Form haben, als die des alternden

Mädchens – für eine kommt der Zeitpunkt früher als für die andere – aber – sich resignieren heißt der Schluß für uns alle.«

»Ist das nicht der Schluß alles Menschlichen?« antwortete ich leise und schloß die Augen und lag lange still in meinem Stuhl, den Kopf an das Kissen gelehnt, in großer Müdigkeit und Trauer. Mochte die Frau mir vom Gesichte lesen, daß ich elend bin, es kümmerte mich nicht.

Sie ließ mich ruhig und fragte nicht, das danke ich ihr sehr. Im ganzen war es doch eine Erquickung, diese Nachmittagsstunde bei der alten, feinen weisen Frau.

Nur ihr letztes Wort: »Geduld und Liebe, mein Kind, damit kommt man überall durch und behält den Sieg –«, das wollte mir ein wenig oberflächlich scheinen.

Fritz war der Besuch nicht lieb. Ich sah es wohl, als ich abends nannte, wo ich gewesen. Ob er glaubt, ich klage Fremden meine Not?

* *
*

Ein schrecklicher Auftritt mit Fritz. Er kam herein, während ich schrieb, griff nach diesen Blättern, ich legte die Hand darauf.

»Gieb her – ich will wissen, was Du schreibst.«

»Schäme Dich!« sagte ich, warf das Buch in den Schreibtischkasten und sah ihn voll Verachtung an.

»Daß Du Dich nicht wieder unterstehst, das Haus zu verlassen ohne meine Erlaubnis«, schrie er mich an.

Ich biß mir die Lippen blutig, bohrte mir die Nägel in die Handflächen, um den Schrei zu ersticken, der mit stoßender Gewalt aus der Brust heraufdrang in die Kehle. Mein Gesicht mag verzerrt gewesen sein von der Aufregung, da fuhr er mich aufs neue an: »Frau, reize mich nicht mit Deinem höhnischen Ausdruck, sonst – ich weiß nicht, was ich tue ...«

Er hob die geballte Hand – ich sah ihn an, er ließ sie wieder fallen, stand hastig atmend zur Erde schauend, während die Röte auf seinem Gesichte kam und ging. Ich setzte mich auf einen Stuhl, weil mir die Knie einknickten, aber ich mußte ihn immerfort ansehen, bis er begann, ungeduldig und unruhig in der Stube hin und her zu laufen.

Es verging wohl eine halbe Stunde, ich vermochte nicht aufzustehen. Endlich stöhnte ich aus tiefster Hoffnungslosigkeit heraus:

»Das ist unerträglich!«

»Jawohl ist es unerträglich«, murmelte er, ohne nach mir zu sehen. »Man wird unsinnig – man wird zum Vieh und verliert schließlich die Achtung vor sich selbst.«

Seitdem sind wieder Tage vergangen, und zwischen uns liegt eiskaltes Schweigen wie zuvor.

* * *

»Pension Werneke. Am Halleschen Tore,
den 16. Januar.

Lieber Vater! Ich weiß und fühle es bitter, wie viel Schmerz dieser Brief Dir machen wird. Aber Du mußt die Tatsache doch erfahren.

Fritz will sich von mir scheiden lassen.

Er hat ja auch durchaus nicht das in mir gefunden, was er von seiner Frau erwartete. Ich habe da wohl viel Schuld. Aber ich weiß, daß ich mir redliche Mühe gab, ihn lieb zu haben und ihm eine gute Frau zu sein. Ich habe, glaube ich, sehr wenig Talent für die Ehe.

Er hat mir auseinandergesetzt, es würde das einfachste sein, um ohne Skandal einen Scheidungsprozeß einzuleiten, wenn ich seine Wohnung verlassen und auf eine Aufforderung von seiner Seite mich schriftlich weigern würde, zu ihm zurückzukehren. Er hat mir einen Anwalt genannt, der mir den Brief aufsetzen und meine Rechte vertreten soll. Es ist ein Freund von Fritz, aber ein diskreter, freundlicher Mann. Er war schon zweimal bei mir – es ist ja eine arme, dumme Komödie, die da gespielt wird – aber es liegt doch viel wahres Leid zu Grunde. Lieber, lieber Vater, sei mir nicht böse, behalte Dein Kind trotzdem ein bißchen lieb. Ich kann Dir nicht alles sagen, wie es kam. Fritz ist in seinem Recht. Ich darf keinen Stein auf ihn werfen. Wir konnten nicht mehr zusammen leben. Es tut mir so furchtbar weh, Dir diesen Brief schreiben zu müssen.

Deine Tochter

Ellen.

* * *

Der Brief an Vater ist abgesendet. Es hätte ja längst geschehen müssen, nur kann ich mich so schwer aufraffen, etwas Entscheidendes zu tun. Ich habe am Briefkasten gestanden und gezittert vor nervösem Frost und jammervoller Schwäche – ich fürchte mich so vor Papas Jähzorn. Er wird natürlich sofort kommen – und wie soll ich jetzt Szenen ertragen? Ich fürchte mich davor wie vor körperlichen Mißhandlungen. Ich möchte fortreisen, mich verstecken, irgendwo in einem verborgenen Winkel verkriechen und da sterben. Ich möchte alle Menschen bitten: »Laßt mich doch nur in Ruhe – ich habe Euch ja doch nichts getan.«

* * *

Bis jetzt weiß noch niemand etwas. Noch bemitleidet mich keiner. Und so lange ist es verhältnismäßig leicht, sich aufrecht zu halten. Wenn Vater erst hier ist, wird Röschen davon erfahren und Frau von Stolpe und Sievekings. Und es wird hin und her geredet und gejammert und geklagt und beratschlagt. Wie soll ich das ertragen?

* * *

Das schreibt man so. Aber man erträgt ja doch alles – auch das Unwahrscheinlichste.

Als es begann und Fritz anfing, von Scheidung zu sprechen, saß ich auch immer da und dachte: Das kann er doch nicht wirklich meinen – das kann doch gar nicht wirklich geschehen …

Und dann fiel mir Papa ein, und mir war, als müsse ich alles auf der Welt eher tun oder leiden, als daß ich es jemals dazu kommen ließe, ihm sagen zu müssen: »Deine Tochter ist eine Frau, die von ihrem Manne verstoßen ist, weil …«

In der verzweifelnden Angst, die mich plötzlich überfiel, machte ich einen letzten Versuch, trat Fritz gegenüber, sah ihm in die Augen:

»Habe ich Dich jemals belogen? Warum glaubst Du mir jetzt nicht? Ich hätte Dir doch gar nichts von Uglandy zu sagen brauchen.«

Er drückte die Hände an die Schläfen und rief: »Hättest Du mir nichts gesagt, es wäre barmherziger gewesen. Aber so herumgehen zu müssen und sich täglich zu fragen: Wie viel weißt Du – und wie viel hat sie Dir verschwiegen? Das ist ja die Hölle auf Erden. Das macht einen Menschen ja vollständig zum Narren!

Du hast ja vielleicht die Wahrheit gesprochen … Ich weiß es ja nicht, und das ist das Schlimmste, daß ich nicht mehr weiß, was ich Dir glauben soll, und was nicht. Das ist ja ein Zustand, den kein Mensch auf die Dauer erträgt. Ich würde dieses Kind hassen … Hörst Du – hassen würde ich es! Ich kann jetzt begreifen, daß Männer unter solchen Umständen dazu kommen, Kinder zu mißhandeln ... Darum müssen wir auseinander.

Glaubst Du denn, daß es mir leicht wird, diesen Skandal mit der Scheidung auf mich zu nehmen? Es wird mir auch in meiner Praxis sehr schaden. Das weiß ich bestimmt, und doch sehe ich keinen anderen Weg. Ich will nicht in einer Nervenheilanstalt enden!«

Als er das aussprach, wurde ich kalt und ruhig; es starb in dem Augenblicke etwas in meiner Seele ab, das bis dahin noch gelebt und immerfort schmerzhaft gezuckt und gezittert hatte.

Ich antwortete nur noch: »Wenn Du mir nicht mehr glaubst, dann sehe ich freilich auch keinen anderen Weg.«

Nun fing er an: Es sei mir ja im Grunde auch sehr lieb, von ihm los zu kommen und frei zu werden, und tun und lassen zu können, was mir beliebe ...

Ich wußte mit einem Mal, daß er mir mit den Worten eine Falle stellen wollte, mich zu irgend einem Geständnis verführen.

Mich überkroch es wie Ekel und heimliche Verachtung.

Von da ab habe ich nicht mehr widersprochen, nur einfach seinen Anweisungen Folge geleistet.

Alles, was dann noch geschah, war wie in einem Traum, in dem man die sonderbarsten Dinge tut, als wären sie ganz selbstverständlich.

Wie ich von Marie meine Koffer herunterholen ließ, meine Schränke und Schubladen öffnete, Kleidungsstücke herausnahm, einpackte, Bücher vom Regal nahm und sie wieder hinstellte, weil ich nicht wußte, gehörten sie eigentlich mir oder Fritz ...

Marie kam ins Zimmer, sah mich auf einem Stuhl sitzen und weinen und sagte: »Das sollten gnädige Frau nicht tun ... so viel weinen ... das ist nicht gut. Die Leute sagen, das trägt ein Mensch sein Lebtag nach sich, wenn seine Mutter viel geweint hat, ehe er auf die Welt kam.«

Und das geheimnisvolle, fürchterliche kleine Leben regte sich, als wolle es den Worten zustimmen.

Da war mir's, als dürfe ich nicht mehr weinen, als müsse ich stolz werden für mich und mein Kind.

Bald darauf brachte der Portier einen Brief aus der Klinik von Fritz an mich. Wahrhaftig – noch einmal stieg eine wilde Hoffnung jäh in mir auf: Er bereut seinen Entschluß! ... Eine überwältigende Rührung und Dankbarkeit ergriff mich.

Aber das Couvert enthielt nur einen Zettel mit den Adressen verschiedener Damenpensionen. Er wollte mich doch anständig untergebracht sehen, der gute Fritz, für den Fall, daß ich sein Haus böswillig verlassen sollte.

Er hat ja im Grunde recht. Ich habe ihn ja böswillig verlassen.

* *
*

Mein Vater ist bei mir. Er hat mich in seinen Arm genommen, mich fest an sich gedrückt: »Ellen, mein armes, armes Kind ...«

Und nichts mehr.

Es ist doch etwas um Blutsbande. Es giebt Stunden, wo man fühlt, sie sind stärker als alles andere in der Welt.

Mein Vater – mein guter, lieber Vater ...

Ich bin erstaunt, fast bestürzt, wie ruhig er sich von mir berichten läßt, wie schweigsam und gelassen er mich anhört. Er – der einst, als ich noch ein Kind war, die Lampe nach mir warf, weil ich ihm in dummem Trotz widersprach! Das Aufbrausen um Nichtigkeiten, das mich als Mädchen in fortwährender Angst und Furcht vor ihm hielt, ist ganz von ihm gewichen. Seine Sanftmut bewegt mir das Herz – man sieht ja doch, wie erregt er ist, an dem fortwährenden Zittern seiner Hände.

Nicht ein Vorwurf. Nur eine Frage richtete er an mich:

»Hast Du Uglandy damals in unserem Hause zum ersten Mal gesprochen?«

»Nein, Papa – einmal vorher – in Berlin, auf dem Wohltätigkeits-Bazar.«

Er ist lange nachdenklich, sagt dann: »Es wird doch nichts zu machen sein. Der Zweifel würde Fritz immer wieder kommen. Er versteht Deine Natur nicht, sonst würde er begreifen, daß Du jeder Tat der Leidenschaft fähig bist, aber keiner zäh festgehaltenen Lüge, keiner Niederträchtigkeit!«

»Ich will keine Versöhnung«, sage ich sehr ernst.

»Du hast recht, Ellen.«

Zum ersten Mal fühle ich mich von meinem Vater verstanden.

Darin liegt bei aller Traurigkeit beinahe eine Art von Glück – von süßschmerzlicher Befriedigung wenigstens.

Und kein Wort, daß er mich einst vor dieser Heirat warnte ...

Ich habe gar nicht gewußt, wie taktvoll, wie vornehm mein Vater empfindet!

* *
 *

Papa hat lange Konferenzen mit meinem Rechtsanwalt gehabt und dann einen andern mit der Wahrung meiner Interessen betraut. Es scheint, daß ich mich irgendwie ins Unrecht setzte, indem ich Fritzens Haus verlassen habe und auch auf seine wiederholten Briefe nicht zurückgekehrt bin. Fritz hat mir das so energisch als den einfachsten Grund zur Scheidung vorgehalten. Nun bin ich seinen Anordnungen gefolgt und habe mich dadurch vor den Richtern als die Schuldige bekannt.

Ach, es ist ja ganz gleichgiltig ...

»Du hättest das um Deines Kindes willen nicht tun dürfen«, sagt Papa, und damit hat er wohl recht. Mir ist so wirr im Kopf.

Daß Fritz sich gewissermaßen hinterlistig einige Vorteile bei diesem schrecklichen Handel zu sichern wußte, macht mir einen so sonderbaren Eindruck. Es ist mir beinahe angenehm. Es beruhigt die fortwährend nagende Qual, ihm so viel Schmerz angetan zu haben. Vielleicht hat er mich gar nicht so lieb, wie ich mir einbildete. Vielleicht hat er gar nicht so gelitten, wie ich glaubte. Kann man mit totwundem Herzen zugleich klug den eigenen Vorteil wahren?

Verschwende ich nicht jetzt noch mehr Gefühl an Fritz, als er in seinen wärmsten Augenblicken für mich besaß? Das ist schon möglich.

Wäre doch nur alles erst zu Ende – diese abscheulichen Unterredungen und Bestimmungen. Es ist ja doch so gleichgiltig, was zuletzt beschlossen wird.

Und ist's zu Ende und kehre ich heim in meines Vaters Haus, was bleibt mir?

Eine Sehnsucht, die ich langsam aushungern muß, bis sie matter und matter wird. Aber ich fürchte, eine lange Zeit wird darüber hingehen.

* *
 *

Bertha war bei mir. Wollte mich zu meiner Pflicht zurückführen. Wollte Versöhnung stiften. Fritz hat sie und seinen Bruder schon längst zu Vertrauten gemacht. Ich will ihm nicht unrecht tun. Vielleicht nur seines Bruder. Und dann mußte der seiner Frau beichten. »Mann und Frau sind ja eins, weißt Du«, sagt Bertha sentenziös. Und da habe ich dann dem armen Fritz offen gesagt: Fritzchen, sieh' mal, geniere Dich nicht vor mir, sprich Dir alles vom Herzen herunter ...«

Ich sehe sie um Berthas Kaffeetisch mit dem gestickten Läufer – gute Cigarren rauchen und über mich zu Gericht sitzen ...

Trotz Berthas Versöhnungsversuchen höre ich im Geiste ganz deutlich, wie sie nachher zu ihrem Manne sagt: »Eigentlich – der arme Fritz – und es ist ja so schrecklich ein Scheidungsprozeß – aber eigentlich ist es ganz gut, wenn er von der Person loskommt – sie haben doch nie zu einander gepaßt, und was für nette Mädchen kann Fritz noch finden.«

Ich konnte ganz ruhig und beinahe heiter Bertha antworten, daß ich niemals auf den Weg der Pflicht zurückkehren würde.

Sie machte ein schrecklich wehleidiges Gesicht und griff nach meiner Hand und flüsterte:

»Ellen – Du Unglückliche – Ellen – mir kannst Du ja alles sagen Ist es denn wirklich zwischen Dir und dem – dem Maler so weit gekommen? Wie Fritz glaubt ...?«

Da wußte ich plötzlich, weshalb sie erschienen war.

Mich aushorchen lassen durch seine Schwägerin ... Pfui ...

O ihr heimlichen, unerklärbaren Instinkte, die ihr uns warnt und warnt, einem Menschen das Innerste aufzuschließen – und wenn die blöde Vernunft es hundert Mal von uns fordert!

Dasselbe denkt Fritz nun von mir ... Und recht haben wir alle beide.

* * *

Ich beginne mich von der Erde aufzurichten.

Bin ich ein verworfenes Geschöpf, nach der ein jeder mit Schmutz und Steinen werfen darf?

Ich könnte mir denken – ich könnte mir vorstellen: ich sei Uglandys Frau gewesen, und er stände nun an Fritzens Stelle – und ich weiß, er würde anders handeln. Ich weiß, ein solches Erlebnis würde uns nicht trennen. Und er würde nicht einmal zu verzeihen brauchen – verzeihen ist immer abscheulich ... Seit ich ein Kind war, habe ich Menschen gehaßt, wenn sie mir verzeihen wollten. »Verzeihen« heißt demütigen, heißt erniedrigendste Strafe auferlegen. Nein, er würde mir nicht »verziehen« – er würde mich »verstanden« haben.

Oder hatte ein solches Erlebnis gar nicht eintreten können, wenn ich Uglandys Frau gewesen wäre?

Ich belüge mich nicht mehr. Es hätte auch dann eintreten können. Auch dann ...

O, daß wir alle mit dem seligen, törichten Wahn erzogen werden:
Die eine wahre Liebe schließt jede Empfindung für andere Menschen aus ... Schließt jeden Rausch und Taumel aus ... O mein Gott, zu Zeiten gewiß – zu Zeiten – aber ein Leben lang? Du unfaßbar, überschwenglich reiche, unergründliche Welt!

Nein und tausendmal nein! Man soll sich nicht selbst entwerten ... Man soll Reichtum und Fülle nicht Schwäche und Krankheit und Sünde schelten ... Werde ich einmal lernen, den Mut zu mir selbst und zu meiner Natur zu haben?

Schlaflose Nächte – und einsame, dunkle Wintertage, wo man stille liegt in körperlichen Leiden und wartet und wartet, und man wartet vielleicht auf den Tod. Da verlernt man das Fürchten. Da geht man weite, gefährliche Wege ohne Scheu.

* *
*

Zu ahnen, daß die Menschen einem nun als eine große geschlossene Masse von Feinden gegenüberstehen werden ...! Sich in Gemeinschaft fühlen, ist so behaglich – sich als Ausnahme fühlen, so beängstigend.

Ehemals war ich stolz darauf, ein Ausnahmsmensch zu sein. Jetzt weiß ich, daß ich damals zu jenen harmlos-frohen Scharen zählte, die sich einbilden, Ausnahmsmenschen zu sein.

Und heute?

Gehöre ich nicht auch schon wieder zu einer großen Schar – zu jenen mit dem Brandmal auf der Stirne? Nein – allein will ich stehen und fallen, aber nicht zu ihnen ... um alles in der Welt nicht zu ihnen!

* *
*

Ich sitze mit Vater bei der Lampe und nähe, er raucht seine Pfeife, und das Feuer knackt im Ofen – das häßliche Pensionszimmer verschwindet in Dämmer und Dunkel. Es ist fast so wie früher, wie in der Mädchenzeit. Nur wenn ich mich bewege und so schwer und entstellt bin, stößt es mir wie mit einem Messerstich durchs Herz, und ich wache auf ... Oder nein – anders ... Ich glaubte eben, ich lebte noch wirklich, friedlich und froh auf blühender Erde und erwachte zu dem Bewußtsein, daß ich nicht mehr lebe, daß ein seltsam schrecklicher Zauber auf mir lastet, dem ich verfallen bin, aus dem ich mich nicht mehr befreien kann.

Es will mich ersticken, ich springe auf, laufe im Zimmer umher wie ein gequältes Tier, klage Vater mein Leid.

Er sagt: »Kind, das ist der Zauber, der uns alle hält. Das ist nicht Deine Qual, das ist Jahrtausende altes Menschenelend. Ist ein furchtbares Geheimnis, daß Wollust und Liebe Qual – und alle Fruchtbarkeit ein Ringen durch Todesnot zum Leben ist. Darum nennen alte Menschheitsagen und zuletzt die Kirche den Stand der Kinderunschuld das wahre Sein. Erlösung aus dem Zauber ist ein Erwachen zu neuer Kinderunschuld und heißt uns das ewige Leben ...«

Ich dachte nach, mir schien in seinen Worten ein Trost zu liegen, aber ich konnte ihn noch nicht fassen und halten.

»Es giebt doch Menschen, die unschuldig durchs Leben gehen ...«

Da schlug mein lieber Papa mit der Faust auf den Tisch und schrie laut und heftig: »Ja, Narren und Tölpel ...«

Aber ich entgegnete zaghaft: »Papa – Frauen doch – Frauen gehen doch viele – die meisten –

in einer großen Unschuld durchs Leben Denke nur an Röschen ... Kannst Du Dir vorstellen, daß Röschen ihrem dicken Andreas die Treue bricht? Oder ihre Kinder nicht liebt, wenn sie welche bekommt, oder sonst etwas tut, das sie nicht aller Welt am hellen Tage erzählen könnte?«

Vater war still, er sah sehr ernst und bleich aus. Und mir fiel plötzlich ein, was Fritz einmal gesagt hat, daß Papa anders gegen Röschen empfunden haben könne, als ein Vater gegen seine Tochter.

»Solch kleine Blumenseele«, sagte er nach einer Weile leise vor sich hin – »Frauen, die mehr Pflanzen zu sein scheinen als Menschen – welken sie erst, ist fast nichts mehr von ihnen übrig, als ein wenig dürres, raschelndes Laub ... Und doch sind sie so entzückend zur Zeit ihres Frühlings, in ihrer Blüte ... so berauschend in ihrer Jugend, als könnte man von ihrer Berührung selbst wieder jung und frisch werden!«

Wie mich das ergriff – dieses Geständnis! Ich stand am Ofen und sah nicht nach ihm hin, nahm dann still mein Nähzeug wieder auf, er sollte nicht ahnen, wie tief ich ihn verstand, mein lieber, lieber Vater!

Er saß und wühlte in seinem langen Haar und starrte vor sich nieder – ich beobachtete ihn heimlich – wie liebte ich dies alte, scharfe, durchfurchte Gesicht mit den hochgewölbten Brauen, der kühnen Nase ...

Ach – du dummes, armes Röschen – wärest du mehr Mensch gewesen und weniger Blümchen ...

Vater fuhr plötzlich zu reden fort, leidenschaftlich und stürmisch wie früher: »Ihr armen Weibsbilder, was sollt Ihr auch machen, wer kann's Euch verdenken, wenn Ihr zugreift und den ersten besten Dümmsten packt ...! Euer Frühling ist zu kurz – und was seid Ihr denn für die Natur, wenn Euer Frühling vorüber ist: abgefallene Pflaumen – auf den Mist damit! Da treibt Euch dann die innere Angst, und mit Recht Sie treibt gerade die Besten von Euch, die Saftigsten und Lebensreifesten ...«

»Aber Vater, vernünftiger wäre es doch, wir warteten, bis der Rechte käme ...«

»Jawohl!« schrie Papa. »Zum Teufel mit der Vernunft! Glaubst Du, der Rechte wollte Euch noch, wenn Ihr alt und dürr oder faul und schwammig geworden seid? Geh' mir doch – die Natur ist nie vernünftig – sie ist über alle unsere menschlichen Begriffe hinaus grausam und bleibt's in Ewigkeit! Punktum!«

* *
*

Ich muß noch viel an dieses Gespräch denken.

Seltsam, daß Vater einen so klaren und vorurteilslosen Begriff von der Natur hat und doch ein strenger Christ ist.

Mir kommen Klänge aus meiner Kinderzeit ins Gedächtnis, was man so als hingeworfenes Wort hie und da hörte und halbverstanden in der Phantasie bewegte: daß er meiner Mutter viel Kummer gemacht, und daß er viel geliebt – auch während seiner Ehe noch viel geliebt haben soll ...

Und nun ist er ein alter Mann, und die Gewalt ist noch immer über ihm, und er begehrt – leidet, leidet so heftig, wie da er jung war.

Könnte man nicht in Empörung schreien über diesen Fluch, unter dem die Menschheit sich windet!

Und jahrtausendelang haben sie gewinselt vor dem Throne ihres Schöpfers, der sie also schuf ...

Und er hatte kein Erbarmen.

* *
*

Neulich fragte Papa so scheinbar obenhin: »Stehst Du in Verbindung mit Uglandy?«

Ich schüttelte nur den Kopf. Fühlte die Frage, die hinter der Frage lag.

Und dann ein anderes Mal:
»Kind, Ellen, was denkst Du Dir über Deine Zukunft?«
»Nichts, Papa. Nur nicht über die nächsten Monate hinaus denken.«
»Du hast recht, Kind, das ist wohl das Einzige für Dich ...«

* *
*

Heute besuchte mich Röschen. Ich hatte mich ein wenig vor ihr gefürchtet. Nicht umsonst. Mir ahnte ziemlich genau, was kommen würde, nachdem sie so lange Zeit vergehen ließ, ehe sie mich aufsuchte. Und sie wußte doch durch ihre Mutter, wie die Dinge zwischen mir und Fritz liegen – so weit die Außenwelt sie eben liegen sieht.

Arme kleine Seele! Als ich sie hereinkommen sah in ihrem Jung-Frauen-Capothütchen, mit einem vor Feierlichkeit ganz lang gezogenen Gesicht, faßte mich ein Grauen vor der sentimentalen Auseinandersetzung mit ihr: ich hob die Hände und rief: »Mitleidigen ist der Eintritt untersagt!«

Und sie, so tief vorwurfsvoll: »Ach, Ellen, Du bist immer die alte; ich glaube, Du machst auf Deinem Totenbett noch Witze.«

»Das ist wohl möglich, aber ich hoffe es nicht ... Und nun sage schnell, was hat Dir Dein Andreas an mich aufgetragen? Ich falle ja jetzt auch in sein Gebiet: Innere Mission.«

»Ach, Ellen, wenn Du wüßtest, was er für ein guter Mensch ist, ganz für andere – und betet immer knieend bei der Abendandacht – geniert sich gar nicht vor dem Mädchen. Ich geniere mich ein bißchen. Aber in der Sonntagsschule lehre ich auch schon mit ihm. Und gestern abends waren wir im Verein christlicher junger Männer, Stiftungsfest mit Aufführungen. Stöcker sprach wundervoll ...«

Ich dachte schon, ich hätte sie glücklich von mir abgelenkt – aber Gott bewahre. »Ellen, Andreas läßt Dir sagen, er habe nun mit mehreren von den Herren Pastoren gesprochen, und sie sagen alle, Du müßtest zu Deinem Mann zurückgehen.«

»Habt Ihr so viele um Rat gefragt?«

»Nur zwei oder drei. Andreas wollte sich Klarheit holen und größere Sicherheit. Tue es doch, Ellen – überwinde Dich doch – Du wirst einen solchen Frieden in Deinem armen Herzen fühlen, wenn Du seinen Stolz gebrochen hast.«

»Ach, Thessichen, Du weißt ja gar nicht, was zwischen mir und Fritz liegt.«

»Nein, aber Andreas meint, das sei ganz gleichgiltig, Ehe bleibt eben Ehe.«

Und plötzlich fiel mir das arme Ding um den Hals und schluchzte. »Ach, tue es doch nur, Ellen, sonst darf ich ja nicht mehr wiederkommen, hat Andreas gesagt, und ich habe Dich doch so schrecklich lieb.«

»Thessi, Fritz will mich ja gar nicht wieder haben«, antwortete ich ihr ganz sanft und ernst, sie tat mir leid in ihrer Herzensnot.

Wie verstört und entsetzt sie mich anstarrte: »Ach, Ellen, das kann er doch nicht – Dich nicht mehr wollen. ...«

»Doch, es ist schon so.«

»Ja – aber – Ellen – dann ...«

Sie steht ganz ratlos. Und ich war auch ratlos, was ich ihr sagen sollte.

Und endlich flüsterte sie: »Andreas meinte ja auch, es müsse was Schreckliches geschehen sein – aber ich blieb dabei, er wäre Dir nur nicht geistreich und besonders genug. Ach, Ellen, ich habe Dich so verteidigt, weil doch – ach, Dein Vater ist doch auch so – so – so furchtbar leidenschaftlich ...«

Ich habe sie bei der Hand gepackt und ihr fast das Handgelenk zerdrückt.

»Thessi – nimm Dich in Acht ... schweig!«

Aber es kam doch heraus, es ließ ihr keine Ruhe: daß sie Andreas nur genommen habe, weil sie sich vor dem Vater fürchtete ...

Aber jetzt liebe sie ihren Mann von ganzem Herzen.

Sie ging dann fort unter vielen Tränen.

Und das war einmal meine Freundin ...

* *
*

Über Vaters Gleichnis von den abgefallenen Pflaumen nachgedacht. Es ist doch nur in einem beschränkten Sinn wahr. Es ist noch etwas mehr in den Frauen, das vielleicht gerade dann erst recht zum Leben erwacht, wenn das andere stirbt. Ja, möglicherweise tötet es den Frühling in ihr um so rascher, je mehr es sich ausbreitet und wächst. Und dann erfahren wohl auch die Männer nicht so viel davon, weil gerade, wenn das neue Leben in ihr recht beginnt, es die Frau einsam macht. Und Einsame gelten leicht für Gestorbene.

* *
*

Papa kam neulich von Frau von Stolpe. Ich fragte, warum er mir nichts von seinem Besuche gesagt, ich hätte ihn begleiten mögen. Ich empfand plötzlich Sehnsucht nach dem Weichen, Milden, das mich einmal dort draußen umgab. Aber Papa meinte ablehnend: »Kind, es war besser so.«

Mir kam dieses Versagen des Herzschlages, sowie davon die Rede ist. »Weiß sie denn?«

»Ja, sie weiß. Darum fuhr ich hin. Aber sie will jetzt nichts von Dir hören ...«

»Ich hatte meine alte Freundin nicht für so unbarmherzig gehalten«, fügte Papa bekümmert hinzu.

In nur stieg ein scharfer Hohn auf: »Papa, sie ist doch selbst eine geschiedene Frau ...«

»Ja, Kind, man macht immer wieder die Erfahrung, daß es Menschen giebt, die eine große Willenskraft auf das »Vergessen« wenden ... und Erfolg damit haben.«

»Hast Du sie nicht darauf hingewiesen?«

»Nein, sie war mir in dem Augenblick ein zu interessantes Phänomen ... Frau von Stolpe hat auch immer zu den Frauen gehört, die sich nur das sagen lassen, was sie hören wollen und nichts anderes.«

* *
*

Mir schien das alles fast unbegreiflich – heute habe ich Frau von Stolpe abgebeten ... Ich begegnete der Randell, als ich aus der Haustür trat. Sie stürzte auf mich zu: »Wie kommen Sie denn in die fremde Gegend?«

»Ich wohne hier«, entfuhr es mir unbedacht.

Das Erstaunen – die Neugier. – Ja – sie hätte gehört und nicht glauben wollen, wir wären doch ein so harmonisches Paar gewesen. – Und der liebe Herr Doktor. – Aber die Männer ... Sie klammerte sich an meinen Arm, drückte mich an sich – wollte mit heraufkommen – ich müsse ihr alles vertrauen – alles – alles, sie habe ja selbst so Schreckliches erlitten ... Und wie in den Augen der Frau die Freude aufglimmte, die Lust, unsere Geheimnisse zu hören, und so Widerlichkeiten, wie sie mir berichtete ... Ich hätte sie können mit Abscheu und Gewalt von mir stoßen und ich wurde kalt und hochmütig, wie ich's nur sein kann.

Sie ließ trotzdem nicht nach in ihrer Anteilnahme. Vorhin kommt ein Billet: Wir müßten Freundinnen sein und uns »Du« nennen – ob ich sie nicht am Donnerstag besuchen wolle – ich würde nur noch eine Frau bei ihr treffen, ein herrliches, vorurteilsloses Geschöpf, das auch so schwere Schicksale durchlebt habe ...

Ob sie beabsichtigt, einen Verein der Geschiedenen zu gründen? Ich habe ausgespien vor Ekel. Obgleich es ja eine Ungerechtigkeit von mir ist ... Ich verstehe Frau von Stolpe.

Sich nur die Genossinnen mit den »gleichen Schicksalen« vom Leibe halten!

* *
*

Es liegt fast ein Reiz in diesem stillen Pensionsleben, meine Welt abgeschlossen auf meinem Zimmer, aufs geringste beschränkt, alle Mahlzeiten mit Papa allein – nach den kurzen trüben Wintertagen, in der Dämmerung die Spaziergänge an seinem Arm Straße auf, Straße ab, so verloren unter der Menge. In völliger Dumpfheit die Tage hinrinnen lassen ist noch das Erträglichste.

Manchmal peinigt es mich, wenn ich Schritte, Stimmen, Gelächter hinter der verhangenen Tür nebenan höre. So nahe fremde Leute – welche Gedanken? Welche Empfindungen? Man weiß nichts. Und auf den Korridoren stößt man aneinander.

Das flößt mir oft eine große Furcht ein. Ich weiß nicht, weshalb.

* *
*

Wir bleiben noch in Berlin, bis Papa mit dem Rechtsanwalt alle meine Angelegenheiten geordnet hat, und gehen dann in unser Waldhaus zurück. Denke ich nur an meine Berge – an die verschneiten Wälder ...! Wenn ich auch verlernt hätte, mich an der Natur zu freuen ...?«

Ob noch einmal eine Zeit in meinem Leben kommen wird, wo ich wenigstens mit einem ruhigen Gefühl des Daseins erwachen kann? Nicht mit dieser stumpfsinnigen Verzweiflung, diesem tödlichen Ekel und Abscheu vor allem – vor allem.

Ein Mädchen, das ins Zimmer tritt, mir den Kaffee zu bringen, kann mir Haß einflößen.

Die Farbe eines Gegenstandes, eines Kissens, einer Decke kann mir körperliches Unbehagen erwecken.

Und die Angst – die fortwährende, sinnlose Angst vor diesem unseligen kleinen Geschöpf, das ich mir so lange, so inbrünstig gewünscht habe ...

Aus welchem Grund habe ich Fritz geheiratet, als aus dem einer wilden Sehnsucht, Mutter zu werden.

Und nun ...

* *
*

Jacobus Sieveking holte mich ab. Er hat bei Keller und Reiner gestickte Vorhänge ausgestellt, zu denen er die Zeichnungen entworfen hat, und Buchumschläge. Seit man ihn so viel in Uglandys Gesellschaft gesehen hat, wird er plötzlich in Künstlerkreisen für voll genommen. Man spricht von ihm, und er bekommt Aufträge.

Der liebe Junge, wie zart er mit mir umgeht, wie herzlich er fragt, ob er mir nicht etwas besorgen, Wege für mich machen kann – er, dessen höchster Schrecken es war, für andere etwas besorgen zu sollen ... das nebenbei.

Papa redete mir zu, mit ihm zu gehen. Ich hatte die Empfindung, es sei ein Komplott zwischen den beiden, mich aus meinem blödsinnigen Hinbrüten herauszulocken.

Ich hätte nicht gehen sollen.

Nun haben sie die Folgen zu tragen gehabt.

Ich bin nicht mehr fähig für den Tag.

Plötzlich stand sie neben mir – sah durch eine langgestielte Lorgnette auf den Vorhang, Jacobus grüßte.

»Wer ist's?«

»Frau von Leukhardt.«

Warum erschütterte mich der Anblick der Frau so furchtbar? Was ist sie mir und was ich ihr? Ich wende mich nach ihr um, sie sich nach mir, im selben Moment sehen unsere Augen ineinander. Und ihr Ausdruck ist so gleichgiltig – das war es. Sie ahnt nicht, was ich in ihrem Leben bedeute, denke ich, und der Blick in das schöne und doch schon scharfe Antlitz, in dem ein Gram gleichsam unter harten Ketten in Gefangenschaft gehalten wird, überwältigt mich. Sie war das Mädchen mit der Blume, das ich liebe über alle seine Bilder. So hat er sie einmal gesehen – so hat er sie einmal in die Landschaft seiner Träume erhoben, mit seiner dichtenden Poesie umglänzt – und nun steht sie da – seiner Liebe und alles geheimnisvollen Zaubers entkleidet – zurückverwandelt in die gleichgiltige Mondaine – die verblüht ist und verglüht unter seinen Feuern ...

Und jetzt – Asche – Asche.

Es traf mich wie ein Schlag aufs Herz.

* * *

Ich habe wohl eine Weile besinnungslos gelegen – das Erwachen war abscheulich. Ich hatte das wirre Gefühl, ich hätte getan, was ich so oft heimlich ersehne, und wäre nun aus dem Wasser gezogen und wieder zu mir selbst gebracht, und Polizei und neugierige Menschen um mich her.

Sie stand über mich gebeugt, hielt mir ein nasses Tuch gegen die Stirn. Ich schloß die Augen wieder. Ich konnte sie nicht sehen – konnte nicht –

Ein Wagen war geholt worden – Jacobus und irgend ein Mann hoben mich hinein Ich reichte ihr die Hand und murmelte einen Dank.

* * *

Was hat sie in mir geweckt? Wie ein rasender Schmerz quillt die Sehnsucht in mir auf. Wo ist alle dumpfe Gleichgiltigkeit hin? Das Leben tobt in mir – alles wund, alles zerrissen. – Nur ihn wiedersehen!

Ihn haben – ihn halten – nicht loslassen – du! du ... Ich verbrenne nach dir – verbrenne in Qual – fühlst du's nicht? Und läßt mich so zernichten?

Eine rasende Hoffnung macht mich toll ... Wenn das Schicksal noch Erbarmen hätte. – Wenn – wenn Befreit sein! Befreit ... Wieder ich selbst ...

Neu beginnen ... Und – er liebt mich doch!

Alles abschütteln – jede Erinnerung herausreißen aus dem Herzen ...

Die Hoffnung bringt mich um den Verstand!

* * *

Es ist Frühling, wenigstens werden die Buchen grün, die Luft ist lau, zuweilen scheint auch die Sonne.

Ich bin bei Vater in unserem alten Haus. In meinem Mädchenzimmer neben dem Bett steht ein Wägelchen mit einem kleinen Kinde, das schläft oder schreit, und das ist mein eigenes.

Mein Kind ... Und ich fühle nichts als Verwunderung.

Es kam zur Welt, da in dem schrecklichen, öden Berliner Pensionszimmer. In der Nacht, nachdem ich die Frau gesehen. Als hätte ich einfach keine Kraft mehr gehabt, es länger zu tragen.

Vierzehn Tage war ich sehr krank und schwach, hatte Fieber und Schmerzen, und das Kind wollte nicht trinken, wimmerte unaufhörlich, niemand glaubte, es würde leben. Zuweilen schien es schon tot zu sein, lag kalt und blauweiß in seinen Kissen, ich hörte keinen Atem mehr, und die Milch lief ihm an den Mundwinkeln herab. Jetzt meint der Arzt, es wäre doch möglich, daß es erhalten bliebe.

Es ist sonderbar still in mir geworden, alles Verlangen, alle Hoffnung ist tot.

Und fast ist mir wohl.

* * *

Es ist so schauerlich, sein eigenes Kind nicht zu lieben. Ich glaubte von Stunde zu Stunde, das Muttergefühl müsse wie eine Erlösung über mich kommen ... Nun weiß ich, auch das kommt nicht.

Mein armes, armes Kindchen – das Mitleid mit dir ist so überwältigend – fast so stark wie Liebe. – Nur eine Liebe ohne Freude ...

Es hat einen unnatürlich großen Kopf, es ist so welk und matt ... Es bringt mich fast zur Verzweiflung mit seinem Wimmern und Winseln – man möchte ihm ja so gern helfen und kann doch nicht.

Zuweilen laufe ich hinaus ins Freie, nur um einige Augenblicke den kläglichen Ton nicht mehr zu hören – aber er ist in meinem Ohr geblieben – ich kann ihm nicht entfliehen.

Und dann packt mich auch gleich wieder die Unruhe. Ich darf es niemandem überlassen – denn das geringste Versehen bei dem Bereiten seiner Nahrung, ein unsanftes Berühren beim Baden und Waschen kann seinen Tod herbeiführen, sagt der Arzt. Und ich will, daß es lebt ... All mein Dasein sammelt sich in dem einen Willen. Es soll leben. Es soll ... Mein Wille soll den furchtbaren Wunsch töten, der in mir lauerte und gierte – von dem nur ich weiß.

Dann erst werde ich Frieden finden. Und ich will leben, weil ich nicht hingehen will in diesem wirren, dumpfen Kampf, einfach zu Asche verbrannt durch das Schicksal.

* * *

Heute früh wurde mir ein versiegeltes Schreiben zugestellt. Meine Scheidungsurkunde. Ich begann sie durchzulesen, und Ekel, Übelkeit durchwühlten mich. Warum können solche Dinge nicht vornehmer und diskreter behandelt werden. Was gehen die Geheimnisse einer Ehe den Richter an? Warum lassen sich die Menschen eine so rohe Behandlung ihrer Schmerzen gefallen? – Und haben sie nicht selbst diese Gesetze gemacht?

Ich bin also frei. – Jawohl – frei! Welch ein Hohn.

Ich mußte hinaus, ich wäre erstickt in dem engen Zimmer. Tante Leber nahm mir den Kleinen ab – ich ging in den Wald, schnell und schneller in einer fürchterlichen inneren Aufregung, in der ich gar nicht spürte, wie wenig Kräfte ich eigentlich noch habe.

Das Wetter war in den letzten Tagen umgeschlagen, die Luft blies kalt und stahlscharf – meine geliebte Brockenluft, die ich mit vollen Nüstern atmete.

Als ich den Rabenberg hinaufstieg, sah ich, daß die lichtgrünen Buchenhänge jenseits des Tales wie mit braunen Schleiern überhangen erschienen – dort waren die Frostnebel des Nachts gezogen und hatten die jungen Sprossen getötet. Doch die hohen Kuppen prangten in unberührtem, flaumigweichem Grün. Sonst wirken die Laubmassen um diese Zeit schon eintönig, aber der goldbraune Schimmer, von dem heute das helle Grün durchwoben war, machte die Landschaft unendlich farbig und vereinte die Schönheit des Herbstes mit der Zartheit und Frische des Frühlings.

Es begann zu schneien in winzigen Kristallen, ein silbern flimmernder Schleier sank vom Himmel nieder, durch den das Goldbraun und das grelle Grün und das Schwarz der finstern Tannen wie verzaubert glänzte.

Die Luft war berauschend in ihrer eisigen Klarheit – es erfaßte mich plötzlich ein kühner Mut, der alles Quälende abwarf – ich lief weiter und weiter, als könne ich meinem eigenen Leben entfliehen. Mein Herz pochte, als wollte es die Brust sprengen, ich sah den Atem wie leichten Dampf in die Luft flattern und blickte mit heißen Augen in den Flockenwirbel. Denn je höher ich stieg, desto schwerer und weicher fiel es nieder.

Und plötzlich bei einer Wendung des Weges stand ich vor Erstaunen still, hielt fast den Atem an in einer Märchenwelt ungeheurer weißer Blütenbäume, die sich schwer über den zartesten Silberflaum auf grünem Moose neigten. Guirlanden von weißen Trauben, Gehänge und Büschel von bleichen Schneerosen, Kränze phantastischer Sternblumen an dem Geranke des wilden Hopfens, auf den jungen Birkenästchen hängend und schwankend. Das Laub aber glänzte, als sei es lichtdurchflossenes, grünes Edelgestein, glimmte in tausend rosa, blauen und violetten Reflexen, in einer kostbaren, harten, beleidigenden Pracht zwischen all dem strahlenden Weiß ...

Und wir armen törichten Menschen bilden uns ein, die Natur lehre uns Harmonie, lehre uns friedevolle, stetige Entwickelung ... Und nur Harmonie sei die Schönheit der Welt.

* * *

Monatelang bin ich nicht zum Schreiben gekommen. Wozu auch? Ein Tag geht hin wie der andere in diesem stillen Winkel mit den zwei alten Leuten und dem kranken Kind. Von all den Menschen, die mich in Berlin eine kurze Zeit vergöttert haben, höre ich nichts mehr. Ob sie mich schuldig sprechen, ob sie mich »entschuldigen« – ich weiß es nicht einmal und frage nichts danach.

Nur Jacobus Sieveking schreibt mir oft – geschraubt und sentimental, und zuweilen langweilen mich die peinlich offenherzigen Schilderungen seiner jeweiligen Gefühlszustände – doch zwischen allem hindurch leuchtet mit warmem Schein eine treue Anhänglichkeit, die mir wohl tut, die ich in meinem Leben nicht missen möchte.

* * *

Papas unendliche Geduld mit mir, mit der nächtlichen Unruhe, die durch das arme Kindchen in sein Haus gekommen ist, scheint mir einen merkwürdig ergreifenden Ursprung zu haben: Als müsse er für mich büßen, für sein eigenes, in mir zu neuem gefährlichen Dasein auferstandenes wildes Blut, für das Erbe, das er mir mitgab.

Aber wie schwer ist das alles zu ertragen und immer wieder durchzufühlen. Wie schreit es zuweilen in mir: Fliehen – abwerfen – alles, alles!

Freiheit, Leben ... Eintauchen in einen Strom von Vergessen und wieder geboren werden in leichter, lichter, tanzender Schönheit!

Mir ist, als könnten wir irgend eine neue Existenz nur aus dem letzten Stadium unserer Seelenlaufbahn heraus neu beginnen, als sei nur dieses Letzterrungene unser künftiges Schicksal, unsere Ewigkeit ...

Und als töne aus dieser Ahnung heraus unser endlos verzweifelter Schrei nach Glück, als nach der Vollendung unseres Selbst ...

Aber wissen wir erst, wo unser Glück und unsere Selbstvollendung liegen, sollten wir nicht mehr um Sünde und Strafe klagen.

Nein, nein, es giebt keine Schuld, es giebt keine Strafe! Es giebt aber Gewalten in uns, die sehr stark und furchtbar werden, wenn man sie zum Kampf herausfordert. Und deshalb wagen es die meisten Menschen auch gar nicht. Sie haben wohl recht mit dieser Zaghaftigkeit. Denn nur das Ziel des Alltagsweges läßt sich ungefähr berechnen. Wer aber weiß, wohin er gerät, sobald er sich in ungebahnte Wildnis stürzt? – »Folgen« tragen können, die in gespensterhaften Stunden das Gesicht einer großen Schuld annehmen, sich nicht armselig darüber hintäuschen – und doch glücklich zu sein wagen – so denke ich, wächst man aus dem wirren Dorngeflecht eines boshaften Zufallschicksals zu einem sinnvollen Leben auf.

Und die Reue fällt mehr und mehr von uns ab.

Wie ich mich sehne nach dem Wissen, ob er, den ich lieb habe, und ich eins sind in dieser Erkenntnis?

* *
*

Röschen wollte Weihnachten mit ihrem Mann und dem kleinen Jungen bei der Mutter verleben, doch in letzter Stunde hat sie abgeschrieben, und Tante Leber hat sich umsonst gefreut. Ich vermute, Andreas ist plötzlich von Gewissenszweifeln befallen worden, ob meine Nähe nicht gefahrvoll für seine Frau werden könne Und ich vermochte ihnen doch mit meinem armen Leidensgeschöpfchen zu dieser Winterszeit nicht aus dem Wege zu gehen.

Ich hörte, wie Tante Leber mit ihrer sanften, ergebenen Stimme in der Küche zu unserer alten Minette sagte: »Es ist wohl auch besser so, es würde doch Ellen zu schmerzlich sein, Röschen mit einem gesunden Kindchen zu sehen.«

Mein Herz bäumte sich wie unter einem Peitschenhieb. Einmal habe ich in diesen Blättern geschrieben: »Unglück hat mir immer so etwas Verächtliches ...«

Ja – ich atme auf, weil Röschen nicht kommt – ich weiß, ich würde sie hassen um dieses gesunden Kindes willen – es würde von Bosheit in mir überschäumen.

Weil ich selbst nicht »gut« bin, ergriff mich Tante Lebers reine, einfache Güte. Früher fand ich sie lächerlich – jetzt scheint sie mir eine stille Größe zu besitzen, und ich glaube, dies ist das Seltene in ihr, was ihr die Macht über Papa verleiht.

Sie muß mich ja in ihrem frommen Sinn für eine von schwerer, unheimlicher Sünde Beladene halten – aber weil mein Vater keinen Vorwurf für mich hat, bin ich ihr gefeit. Es ist gar nicht auszudenken, was sie für rührende Dinge beginnt, um mir Freude zu machen – wie viele Stunden hat sie das arme, wimmernde Geschöpfchen auf ihren Armen gewiegt, wenn die meinen erlahmten.

Und welche Phantasien ihre gute Seele über dem Bettchen unseres kleinen Kranken spinnt. Wenn man sie hört, ist es, als hätte es keinen großen Mann in der Geschichte gegeben, der nicht in seinen ersten Lebensjahren seiner Mutter dieselben Sorgen eingeflößt – dieselben schrecklichen Symptome von mangelhafter Entwicklung gezeigt hatte. – Und was sieht, was bemerkt sie nicht, das für keines Menschen Auge sonst wahrnehmbar ist – auch für das meine nicht. Gute Tante Leber – ich glaube, daß sie nicht halb so viel Liebe für das gesunde Kind ihrer eigenen Tochter besitzt, wie für das unglückliche Enkelchen des Geliebten ihrer Seele.

... Wäre ich fähig gewesen, irgend einen Menschen mit dieser unumschränkten Hingabe zu lieben? Mit diesem Fanatismus, der nichts anderes auf der weiten, reichen Erde sieht und haben will?

Niemals! Auch Uglandy nicht. Oft beneide ich die alte Frau um ihre starre Treue, und sie bekommt mir etwas Ehrfurchtgebietendes, wie Gestalten alter Märchen und Sagen.

* *
*

Mein Kind ist nun ein Jahr alt. Ein Jahr der Not und Sorge um dieses arme, kleine Dasein, welches täglich in Zuckungen und Krämpfen zu verlöschen drohte, welches immer litt und litt, so daß man um seine Erlösung seufzte, und das durch seine Hinfälligkeit doch zum Mittelpunkte unserer aller Leben wurde. Jedes andere Interesse ist vor seiner Pflege, vor dem Mitleid mit ihm in weite Ferne zurückgewichen.

Es hat sich körperlich entwickelt. Ja – körperlich – das ist's eben ... Es sitzt auf seinem Stühlchen, von Kissen unterstützt, es kann das Köpfchen aufrecht halten ... Aber ob man kommt oder geht, ob man ihm Milch bringt oder goldenen, blitzenden Schmuck vor ihm tanzen läßt – das blasse Gesichtchen verändert sich nicht, die Händchen liegen auf der Decke und die Augen, große, schöne Augen von unbestimmter Farbe, sehen gerade und ernsthaft vor sich hin – ins Leere. Noch niemals hat es gelächelt – noch niemals hat es sich gefreut ...

* * *

Jacobus Sieveking ist für einige Tage bei uns. Er geht nach dem Rhein, wo er durch Uglandy den Auftrag bekommen hat, das Boudoir einer jungen Millionärsfrau einzurichten – Leute, die eine moderne Gemäldegalerie besitzen, die ein Schloß bewohnen, in dem jeder Gegenstand ein Kunstwerk sein soll. Jacobus zittert fast vor der Fülle seines Glückes. Das ist nun das Leben seiner Träume – es beginnt – es beginnt wahrhaftig – und er fühlt, daß er reif dazu sein muß – wenigstens reif dazu scheinen. Diese zur Schau getragene Gelassenheit rührt mich unendlich.

* * *

»Würden Sie den Mut haben zu einer neuen Ehe?« fragte mich Jacobus. Ich stutzte.

»Wer kennt seinen Mut oder seine Feigheit? Übrigens weiß ich nicht einmal, wäre es Übermut oder Feigheit, wollt' ich's tun ... Man muß mehr Vertrauen zu sich selbst haben, um in die Ehe zu gehen, als ich's für mich noch aufbringen könnte ...«

»Aber es gäbe ja Fälle, wo man sich darüber mit Gewalt würde belügen wollen«, warf Jacobus ein.

»Darum sagte ich Übermut oder Feigheit. Wollten Sie mir vielleicht eben einen Heiratsantrag machen?«

»Ach, meine Freundin«, sagte er beinahe inbrünstig – »ich wollte, ich könnte das, denn ich möchte so gern einmal glücklich sein! Aber es giebt so unendlich wenig Schönheit, die in meinem Sinne für die Kunst fruchtbar zu machen ist – ich muß mir Ihre Schönheit und mein Gefühl dafür auf die einsame Insel meiner Kunst retten! ... Darf ich Ihnen einmal alle Liebeslieder schicken, die ich an Sie gemacht habe?«

Wir lachten beide, und ich versprach ihm aufrichtig zu schreiben, welche Empfindungen dadurch in mir geweckt würden – zu seiner artistischen Weiterbildung ...

... Ein andermal wunderte er sich, daß ich mein Dasein hier so geduldig ertrage ...

»Geduldig? Wer sagt Ihnen denn, daß ich's geduldig trage?«

»Warum reißen Sie sich nicht los und beginnen irgend etwas? ...«

»Was denn, Jacobus? – Tanzen –? Meine Seele tanzend ausgeben in einem Tingeltangel – ein August neben mir, der seine Späße dazu macht? Wissen Sie draußen in der Welt einen Platz für mich – gerade für mich?«

Er sagte nach einer Weile: »Ich dachte nur, es wäre mehr Roheit in Ihnen. So: Etwas das sich ausleben muß, wie die Leute jetzt so schön sagen.«

»Jacobus – ausleben heißt doch nicht nur sich ausfreuen. Leben ist doch auch, dem Schmerz bis in seine tiefsten Gründe nachgehen und ihn ertragen, wo er am dunkelsten und verborgensten haust.«

»So viel Christentum steckt noch in Ihnen? O Ellen – Ellen!«

»In Ihnen etwa nicht? Wenn Sie nichts wüßten von der Wollust des Leidens, möcht' ich Sie bedauern. – Nur aus tiefstem Herzen sagen können: »ich will« – nicht »ich muß« – darin liegt alles.«

* * *

Jacobus setzte sich einmal neben den Kleinen und beobachtete ihn lange. Es machte mich nervös, und ich rief ihn fort. Er nahm sein Händchen auf, küßte es und legte es behutsam wieder auf das Deckchen.

»Ellen, wissen Sie eigentlich, daß Ihr Kind wunderschön ist?«

Ich machte eine heftige Bewegung, aber was er dann weiter sagte, versöhnte mich wieder.

»Es ist ja eine kranke, klägliche Schönheit – aber sitzt es nicht ergreifend da, so weiß, so still wie ein verzaubertes Königskind, und seine großen, grauen Augen haben immerfort einen Blick, als warteten sie auf etwas ... Auf eine Erlösung.«

Ich habe zu weinen begonnen, er fragte mich bestürzt, ob ich ihm böse sei, weil er davon angefangen. Ich strich ihm über die Schulter: »Jacobus, ich habe Sie lieb.«

Immer muß ich jetzt denken, wenn ich diesen Blick des Kindes sehe, der nicht sieht, der nur wartet: eine gebannte Seelen ... Erlösung – Erlösung ...

* *
*

Vor mir liegt ein Brief von Uglandy. Und ich soll ihm antworten. Warum jetzt erst – jetzt noch? Und warum tut es mir so weh, daß er meiner wieder denkt, nachdem Jacobus ihm die Erinnerung wecken mußte?

Ließ ich ihn nicht in die Freiheit? Erinnerungen sind auch Ketten.

Er hat gearbeitet – wie gearbeitet! Das dankt er mir. Und was nun noch?!

Ist es Frauenempfindlichkeit, wenn ich meine, sein Herz hätte ihn eher zu mir reißen müssen?

Ach Ellen, du weißt ja doch, daß du schreiben wirst: Komm! komm! Tag und Nacht habe ich deiner gewartet!

Erlösung! Auferstehung ... O Gott! – kann ich mich denn noch aufrichten – noch stehen und gehen! Gehen vielleicht ... Aber fliegen ...

Mir ist so bange – so bange ...

* *
*

Ich habe ihn wiedergesehen. Ging ihm entgegen, den Buchenweg entlang, der durch den Wald zum Dorf hinunter führt. Ich sah ihn eher als er mich: die jünglingshafte Gestalt – den Hut trug er in der Hand – das schwere Haar, die Stirn und das zerfurchte, schmerzliche Gesicht beschattend – in ernsten Träumereien ging er, nicht wie ein froh Erwartender. Und dann plötzlich blickte er auf. Er drückte mich an sich, sein Kuß war sacht und behutsam. Wir sahen uns an und wußten uns nichts zu sagen. Ich ging an seinem Arm, und bisweilen lächelten wir uns an, als wollten wir uns trösten.

»Weiß Dein Vater, daß ich komme?« fragte er mich einmal. Seine Stimme war heiser.

»Mein Vater – ja, ich denke wohl«, antwortete ich verwirrt.

Er seufzte. »Und Du lebst nun hier – so einsam?«

»Ja, mit meinem Vater.«

Und so kamen wir heim.

Papa war fortgegangen.

Vor der Tür stand Minette mit dem Kleinen.

Er warf einen Blick auf ihn und wendete den Kopf hastig ab – ich sah die Bewegung wohl, ich sah auch den Schauder, der über sein nervöses Gesicht lief.

»Das ist mein Kind!« sagte ich, nahm den Kleinen auf den Arm und ging hinein. Er folgte mir.

»Wollen Sie mich einen Augenblick entschuldigen?«

Ich bin hinauf in mein Zimmer und habe den Kleinen aufs Bett gelegt und die Hände gerungen. Mir war, als müsse ich ersticken.

Und endlich wieder hinunter und mich in einen Stuhl gesetzt, weil die Füße mich nicht mehr tragen wollten.

Er ist vor mir niedergekniet und hat meine Hände gestreichelt und geflüstert: »Arme Ellen – arme Ellen ...«

Ich habe die Lider geschlossen, und die Tränen sind mir über die Wangen geflossen. So wurde ich ruhiger.

Dann ist er aufgesprungen, hat sich gereckt und gedehnt, ist im Zimmer auf- und niedergegangen und hat angefangen, mir von seinen Arbeiten zu erzählen und von Frankreich, und dabei ist mir zum Bewußtsein gekommen, wie wenig wir uns doch kennen – das hat mich ja interessiert – aber doch immer, wie wenn ein Fremder erzählt ... Und mitten zwischen seinen Reden ist Papa zurückgekommen, und ich bin zum Kind gegangen, und dann haben wir mittag miteinander gegessen. Und es kam, als könne es gar nicht anders sein, daß wir wieder »Sie« zu einander sagten, und er mich »Gnädige Frau« nannte. Und doch tat's weh.

Nachher, als Papa sich zum Schlafen niedergelegt hatte, bat er mich, mit ihm in den Wald zu kommen. Es war auch so dumpf im Zimmer, wo er saß und nachdenklich rauchte.

»Nach den Jungfernklippen?« fragte er.

Ich schüttelte den Kopf.

»Warum nicht, Ellen? Warum nicht?«

»Es regnet.«

Alles war aufgelöst in grauem, feuchtem Nebeltau, der linde durch das Maigrün der Buchen tropfte.

»Also nicht nach den Jungfernklippen ...« sagte er – »aber dann auf den Habichtskopf, wo wir das Myrtenkränzlein für Deine Freundin flochten! Weißt Du noch?«

Ich nickte ihm zu, und wir stiegen Hand in Hand den schmalen Weg hinauf, wie unter grünem, duftendem Dache.

Oben blieb er stehen und sah mich an, und seine Augen wurden dunkel und glänzten.

»Ellen, sage mir eins«, fragte er heftig, »bereust Du, was damals geschah?«

Ich hielt seinen Blick fest. »Nein, Hans ... Es hat Stunden gegeben, in denen ich bereute – aber ich habe auch die Reue besiegt ...«

»Wie feierlich Du bist. Du hast Dich sehr verändert, Ellen. Oder ... ich habe Dich mit dem wilden Waldkranz in der Erinnerung mitgenommen. Du wirst ihn freilich nicht alle Tage tragen. – Man ist ja töricht.«

Ich saß auf dem Stein wie damals. Er stützte sein Knie neben mir auf den Stein und faßte mich um. Ich legte den Kopf an seine Brust, und doch drang keine Wärme aus seinem Körper in den meinen. Er küßte mich zögernd, und wir lächelten uns wieder an – tröstend.

»Ich ging aus, eine verlorene Brockenhexe zu suchen, und fand eine Heilige!« sagte er mit leisem Kopfschütteln.

»O, Ellen – Ellen man macht wunderliche Erfahrungen mit sich selbst, nicht wahr? ... Weißt Du noch, was Du mir an dieser Stelle gesagt hast?«

»Ja, ich weiß es noch ...«

»Und daß ich gelernt habe, nach Deinem Wort zu leben und zu schaffen, das danke ich Dir – und will es Dir immer danken.«

Wir saßen noch eine Weile und blickten hinaus in die Ferne. Und jeder sah auf seinen Weg ...

»Was das nur ist«, sagte er auf dem Heimweg mit bedrückter Stimme; »es ergriff mich so, als ich heute Euer Haus wieder betrat, das von Leben widerhallte – damals – es ist so still geworden – so ernst – so – als sei etwas darin gestorben.«

Wir haben uns angesehen.

»Es ist ja auch etwas darin gestorben – meine Jugend«, sagte ich leise, und er neigte den Kopf, und wir sind schweigend weiter gegangen. Er strich ein paarmal mit der Hand über die Augen. Ich konnte nicht weinen vor Traurigkeit.

Der Regen fiel sacht in der grünen Dämmerung.

* *
*

Ich bin ruhig heiter, seit Uglandy uns wieder verlassen hat. Wie von einer alten Angst, einer letzten Hoffnung befreit ... Ich begreife mich nicht mehr.

* *
*

Ein Sommerabend.
Ich will heute nachmittag zu meinem Kinde. Und bleibe stehen, weil ich ein leises, zufriedenes Gurren höre – ein süßer, zärtlicher Taubenlaut – und das Herz klopft mir rasend vor Entzücken – und schleiche näher – und da wendet mein Bübchen, das am sonnigen Fenster gesessen, das Köpfchen – und es lächelt – lächelt mit den Augen, lächelt mit dem blassen Mündchen und zeigt mit den Fingerchen auf die goldenen Lichter, die durch die Epheuranken auf sein Deckchen fallen, und greift mit den Händchen – und will sie haschen und fangen! ...
Endlich – endlich! Ich bin an seinem Stühlchen niedergestürzt, habe mir in die Hände gebissen, um nicht laut aufzuschluchzen vor Seligkeit – ihn nicht zu erschrecken.
Mein Kind – mein Schmerzenskind, mein Sohn! Mein Einziges!

* *
*

– – Ist meine Jugend wirklich gestorben? Ein Laut – der Hauch eines Ausdruckes – und wieder Glaube, wieder Hoffnung, wieder Spannung und atemloses Lauschen auf das Glück.
Ein Neues – ein Neues klopft mit zagen Fingern an meines Schicksals Tür ... In zitternder Dankbarkeit will ich ihm öffnen.